KB069819

무심한 듯 씩씩하게

무심한 듯 씩씩하게

김필영 지음 — 김영화 그림

❀ 을유문화사

무심한 듯 씩씩하게

발행일
2021년 11월 30일 초판 1쇄

지은이 | 김필영
그린이 | 김영화
펴낸이 | 정무영
펴낸곳 | (주)을유문화사

창립일 | 1945년 12월 1일
주소 | 서울시 마포구 서교동 469-48
전화 | 02-733-8153
팩스 | 02-732-9154
홈페이지 | www.eulyoo.co.kr

ISBN 978-89-324-7457-1   03810

영화가 시작되면 화면을 보면서 하루 동안 미뤄 뒀던 일들을 그곳에서 마무리 짓는다.

배가 고픈 날에는 옆 패스트푸드 점에서 사온 햄버거를 먹고,

술이 모자란 날에는 건너편 편의점에서 사온 맥주를 마신다.

마흔이 되려면

휴대폰 매장에서는 저녁 여덟 시 반이 되면 자리에 앉아 마감일지를 썼다. 직원으로 일할 때는 마진이 얼마가 남았고 휴대폰에 맞는 케이스를 언제 주문해야 하는지와 같은 실무적인 내용만 썼지만, 내 가게를 차리고 난 뒤부터는 기록하고 싶은 말들도 함께 쓰기 시작했다.

'붕대를 감고 오셨음. 3개월 뒤에 아들이 전역한다고 함. 감사하다며 빵을 주고 가셨음.'

나중에 다시 볼 일은 없지만 그런 글을 적으면 기분이 좋아졌다. 마감일지를 서류 파일에 넣고 문을 잠그고 가게를 나왔다. 아홉 시쯤 퇴근하면 보통 술 약속이 있었지만, 그 술자리도 일정 시간이 되면 끝나기 마련이다. 그러면 술집의 문을 열고 나와서는 혼자서 종종 동네 DVD방에 갔다. 하루의 마지막 스케줄을 처리하듯 4층으로 향하는 계단을 밟았다.

문을 열면 오른쪽에 바로 카운터가 붙어 있다. 영화를 보는 방들은 입구에서 왼쪽으로 길게 난 복도를 따라 이어져 있었는데, 유독 좁고 작아 보이는 건 그 카운터뿐이었다. 카운터 바로 앞에는 최근 영화가 진열되어 있었고, 그 옆으로 조금 돌아 들어가면 나오는 작은 공간에는 개봉한 지 오래된 영화들이 진열되어 있었다. 그 구조가 자연스럽게 느껴지지는 않았다. 그래서 아마 여기가 처음부터 DVD방으로 만들어지지는 않았을 거라는 생각을 몇 번쯤 했다. 좁은 카운터에는 이십 대 후반쯤 되어 보이는 남자가 있었다. 그는 주로 혼자였지만 작년 겨울에는 난로와 여자 친구가 함께 있었다. 나는 이미 여기 온 지 몇 번째지만, 그는 항상 처음 보는 사람 대하듯 내게 인사했다.

그래도 "이거 재밌을까요?"라며 DVD를 가리키며 물어보면 그 영화에 대해 상세히 말해 주었다. 흥행한 영화라도 재미없다고 대답할 때도 있었고, 망한 영화를 추천해 주기도 했다. 그렇게 고른 영화는 정

말로 그의 말대로였다. 그럭저럭 볼 만하다고 말해
준 영화는 그럭저럭 볼 만했고, 재미있다고 했던 영
화는 진짜로 재밌었다. 사실 나는 어떤 영화를 보건
상관없어서 이 가게가 쉬는 날에 다른 DVD방에 가
면 아무 영화나 대충 들고 가서 계산하곤 했지만 이
곳에서는 꽤나 진지하게 설명을 들었다.

"아, 이 영화는 막 재밌지는 않은데 주인공 연기가
좋았어요. 전작에서는 별로였는데 여기 역할이 잘 맞
는 건지. 그리고 결말이 좀……. 괜찮았어요."

"아……. 그럼 이걸로 주세요."

영화가 시작되면 화면을 보면서 하루 동안 미뤄 뒀
던 일들을 그곳에서 마무리 짓는다. 배기 고픈 날에
는 근처 패스트푸드점에서 사 온 햄버거를 먹고, 술
이 모자란 날에는 건너편 편의점에서 사 온 맥주를
마신다. 하루치가 쌓인 카톡에는 보낸 사람의 것과
비슷한 음높이를 찾아 답장을 보낸다. 영화는 새벽
두세 시쯤에 끝났다. 쪼그리고 앉아서 신발에 발을
쑤셔 넣다 보면 그냥 거기서 그대로 잠들고 싶었다.
어둡고 아늑하고 깊었다.

"안녕히 계세요."

"네. 조심히 가세요."

길가의 네온사인은 모두 지나치게 반짝였고, 그만큼 가게들의 입구는 더 어두워 보였다. 천천히 걸어가다 보면 뭔가 새로운 일이나 그 비슷한 일을 겪을 것 같은 기분이 들었다. 집에 꼭 들어가야 할까. 그런 생각을 하며 불빛을 따라 두리번거리며 걸어갔다. 차가 거의 없는 골목길에 들어가자 눈앞이 단번에 까매졌다. 전화기를 들어 친구에게 전화하는 척을 했다. 수신자는 주로 미래의 나였다.

"네가 그때 그랬잖아. 힘들다고. 그래도 잘돼서 다행이네."

너무 유치한 멘트라서 마음에 들지 않았다. 지나치는 사람들이 내가 미친 짓을 하는 걸 알아채면 어쩌나 싶기도 했다. 그런데도 어째서인지 입은 멈추어지지 않았다.

"그래. 마흔이 되더니 철이 들었네. 보기 좋다. 이제 헤어진 그 남자랑은 안 만나지? 잘 헤어졌어."

나와의 통화 속에서 마흔이 된 나는 철이 들었고, 헤어진 남자와는 다시 만나지 않는다고 했다. 새벽 두 시가 넘은 거리에는 술에 취한 사람만 지나다녔다. 나는 내일 출근할 것이다. 모레도 출근해서 가게 문을 열자마자 컴퓨터 전원 버튼을 누르고 화장실로 가서 대걸레를 빨 것이다. 집 현관문 열쇠 구멍에 열 쇠를 꽂으니 딸깍하고 문이 열렸다. 어느 날 그 소리 가 지겨워졌다. 딸깍. 딸깍딸깍딸깍. 마흔이 되려면 아직 한참이나 남아 있었다.

차례

2장
오늘의 필영

3장
아마도 내일은

1장

어제의 필영

그런 밤이 지나가고

대학생 때 집에서 걸어서 30분 거리인 꼬지 집에 자주 갔었다. 차를 타면 5분 정도 걸렸지만, 차 타고 거기에 간 적은 한 번도 없었다. 그곳에서 술 약속이 있을 때는 딱 30분 전에 출발하면 시간이 맞았다. 그날도 그렇게 걸어갔다. 꼬지가 나오자마자 알맹이를 미리 다 빼놓고 소주 한 잔에 알맹이 하나씩을 입에 넣었다. 맞은편에는 중학생 때부터 단짝이었던 친구가 앉아 있었다. 그녀의 술잔은 계속 가득 차 있었고, 내 술잔은 비웠다 채워지기를 반복했다.

"아무래도 지금 찾아가서 오해를 풀어야 할 것 같아!"

내 말에 그녀가 맞장구를 쳤다.

"맞아, 지금 찾아가 봐. 일단 전화해 봐."

하지만 긴 통화연결음이 계속되어도 그는 전화를 받지 않았다.

학기 초부터 친했던 그는 과 단체로 단기 어학연수를 떠났던 일본에서 나에게 고백했지만, 내가 받아들이지 않았다. 그날 밤 고백 이후 30분도 지나지 않아 숙소로 다시 돌아갔을 때, 그는 갑자기 차가워져 있었다. 더는 내가 머물던 방에 놀러 오지 않았고, 아예 나라는 사람이 없는 것처럼 행동했다. 짧은 어학연수를 마치고 학교에 다시 돌아온 뒤로도 여전히 마찬가지였다. 수업이 끝나고 자리를 이동할 때면 그는 내가 투명 인간인 양 내 앞을 스쳐 지나갔다. 새로운 사람들 틈에 있는 그를 보면 검은 안경테 너머로 즐거운 눈빛이 배어 나오곤 했다. 그 모습을 조금 멀리서 쳐다보면서 나는 어떻게든 다시 그와 잘 지내고 싶었다. 특별히 뭔가를 하고 싶은 건 아니었다. 그냥 쉬는 시간에는 같이 커피를 마시고 점심시간이 되면 학식을 같이 먹고 싶었다. 우리는 원래 친했으니까. 무엇보다 얼굴을 마주하고 지금 이 상황을 정확하게 확인하고 싶었다. 결과지를 받고 싶었다. 그리고 그 결과지에는 어쩐지 내 마음도 적혀 있을 것 같았다.

"편의점에 버스 카드 충전하러 갔다 올게."

애인과 전화를 하고 있던 친구는 고갯짓으로 알겠

다고 답했다. 꼬지집에서 나가서 대로변에 있는 큰 편의점에 들어갔다. 충전 금액인 천 원을 내면서 편의점 아르바이트생의 얼굴을 살폈다. 지갑에는 돈이 딱 이천 원밖에 없었는데, 갑자기, 어쨌든 지금 그에게 가 봐야 할 것 같았다.

"안녕? 미안한데, 내가 차비가 없어서 그러는데 돈 좀 빌려 줄래? 여기 시재 말고 너 개인 돈 있으면 말이야."

"어, 잠시만……."

그는 창고 뒤쪽으로 가더니 지갑을 가지고 나왔다. 그리고 내게 2만 원을 주었다. 아마도 내 또래인, 어리고 착해 보이는 그에게 최대한 좋은 사람이라는 뜻을 담은 웃음을 지으며 내 전화번호를 종이에 적어 주었다. 돈은 내일 꼭 갚겠다고 약속했다. 술집으로 다시 돌아가 친구에게 그 사람을 보러 가야겠다고 말하고 난 뒤 택시를 탔다.

"언양으로 가 주세요. 시장 있는 곳으로요."

울산으로 돌아올 때는 그에게 차비를 빌리면 된다고 생각했는데, 언양에 내릴 때가 되어 그에게 전화하니 전화기가 꺼져 있다는 멘트가 나왔다. 술 마신 사람의 낙관적인 계산이 맞을 리가 없었다. 내린 곳이 너무 깜깜해서 그나마 불빛이 있는 편의점으로 갔다. 그 앞에 우두커니 서 있다가 쪼그리고 앉았다가, 순간 잠이 들었다.

누군가가 나를 건드렸다.

"저기요……."

"네?"

"혹시 울산 가세요? 제가 울산 가는 길이라서…….
여기서 주무시면 위험할 거 같아요. 태워 드릴게요."

술에서도 잠에서도 덜 깬 나는 잠깐 멍하다가 정신
이 번쩍 들었다.

'이 사람, 내 장기를 떼 가 버리면 어떡하지?'

고개를 들어 그를 살펴보았다. 30대 중반 정도, 안
경을 끼고, 검정에 가까운 정장을 입은 그는 아무래
도 장기 밀매자처럼 보이지는 않았다. 게다가 이대로
편의점 앞에서 자면 다른 누군가에게 끌려가 장기를
빼앗길 확률이 더 높을 것 같았다. 나는 고개를 끄덕
이고 순순히 그의 검은색 차에 탔다. 우리 집 앞에 거
의 다 왔을 때쯤 그가 처음으로 입을 열었다.

"이쪽으로 들어가면 되는 거죠?"

"아, 감사합니다. 제가 집에 들어가면 차비라도 드
리고 싶은데요. 계좌라도 알려 주시면……."

"괜찮아요. 어차피 저도 가는 길이었어요. 계좌번

28

호는 그렇고 제 이름은 김영수입니다. 여기에 내려
드리면 되나요?"

"네. 여기 세워 주세요. 정말 감사합니다."

"위험할 뻔했어요. 조심히 가세요."

그는 웃음을 지으며 차를 세웠고 나는 그와 비슷한
표정을 짓고서 내렸다.

다음 날 아르바이트생에게 2만 원을 갚았다. 아르
바이트생과는 종종 연락하고 지내다가 어느 순간부
터 연락하지 않게 되었다. 어쩌자고 모르는 사람에게
돈을 빌려 언양까지 찾아갔던 걸까. 만나려고 했던
그가 내 전화를 받았더라면 상황은 어떻게 바뀌었을
까. 모르겠다. 다만 그때 그런 짓을 하지 않기에는 시
간이 너무 많았다. 밤이 너무 길었다. 바보 같은 짓이
라고 느끼면서도 일단 행동하고 나면 사건 사고가 생
겨 시간이 빨리 갔다. 어떤 상황에서도 늘 최악의 결
과를 상상하며 지금 정도면 괜찮은 결과라고 낙관하
며 살아왔던 나는, 그날도 집에 도착하자마자 비슷
한 생각을 했다.

'오늘은 도와준 사람들 덕분에 장기도 말짱했고 무
사히 집으로 돌아왔네. 잘됐다.'

게다가 너무 피곤해서 바로 잠이 들 수 있었다. 그
런 밤은 눕자마자 지나가 버린다.

단골 노래방이 주는 힘

노래방 카운터 앞에 서면 직원은 "가입된 이름 있으세요?"라고 묻는다. "한서희요." 나는 친구 이름을 댄다. 그러면 직원은 항상 '아' 하는 소리와 함께 방 번호를 알려 준다. 늘 한서희라고 말하고 늘 '아'를 들었다, 7년 동안. 많게는 일주일에 서너 번씩 그 노래방에 갔으면서 왜 친구 이름으로 된 멤버십을 내 이름으로 바꾸지 않았는지 모르겠다. 나는 그곳에서 7년 동안 한서희였다.

휴대폰 매장을 연 뒤, 손님을 상대하는 시간이 늘어나면서 혼자 노래방에 있는 시간도 늘어났다. "이번 휴가는 어디로 가세요. 오늘은 어디 갔다 오는 길이신가 봐요." 액정 필름을 붙이며 궁금하지도 않은 것들을 손님들에게 물어보는 게 힘들었다. 그냥 조용히 일하고 싶었다. 사람들이 밀물과 썰물처럼 자연스럽게 오고 갔으면 했다. 그러나 휴대폰 가게를 운영하는 사람은 휴대폰을 팔아야 한다. 사람들은 대개자신에게 관심을 주면 좋아하기 때문에, 나는 할 수있는 말을 다 꺼내서 휴대폰을 팔았다. 새로 바꾼 머리 모양, 손톱에 그려진 앙증맞은 네일 아트에 대해떠들었다. 손님이 들고 온 빵 봉지를 보면 여기 빵은진짜 맛있더라며 대화를 계속했다. 문득 정신을 차리고 보면 또 다른 내가 어떻게든 말을 이어 가고 있었다.

그런 게 좀 힘들었던 날에는 일을 마치자마자 노래방에 갔다. 밀폐된 방 특유의 방향제 냄새를 마셔야하는 건 별로였지만, 거기서 혼자 소리를 지르고 춤도 추고 라면도 먹고 맥주도 마시면서, 말 그대로 쇼를 하다 보면 마음이 편해졌다. 그렇게 그날의 한을풀어야 집에 가서 잠자고 싶은 마음이 들었다. 잘은모르지만, 구천을 떠도는 귀신도 내 마음과 같았을거다. 이대로는 억울해서 성불을 못 하니까 인간 세상을 떠도는 것이다. 귀신 아닌 사람으로 살아가려면그런 한을 풀어야 하는 게 당연했다. 아니면 다들 한을 품은 채 그냥 사는 걸까. 새벽 한 시가 넘어서까지

고래고래 노래를 부르고 나서야 다시 구두를 신고 집으로 걸어갔다.

아파트 분양을 홍보하는 전화를 계속 돌리다가 그때 그 노래방이 툭 떠올랐다. 오늘 역시 너무 많은 전화를 걸었고, 처음부터 끝까지 하고 싶지 않은 말들만 했다. 낯선 사람과 얘기하는 걸 싫어하는 편은 아니지만, 적어도 실투자금이나 노후 준비 같은 말보다는 좋은 이야깃거리가 많이 있을 텐데.

집 근처에 갈 만한 노래방을 찾으러 나왔다. 윗름촌을 따라 올라가면 금방 시내가 나온다. 그게 반지하 우리 집의 장점이었다. 술 먹기 너무 좋았다.

내 일터인 모델하우스를 지나 조금 더 올라가니 노래연습장 간판이 보였다. 어째서인지 시작은 '연습장'에서 하는 게 좋을 듯했다. 여기는 멤버십 같은 건 묻지 않았다. 돈을 내고 안내받은 방으로 들어가자마자 실내를 훑어보았다. 비슷하네. 약간 어두운 그곳에서 사진을 찍어 썸남에게 보냈다.

"나 노래방 왔어."

"진짜 예쁘네. 어떻게 그렇게 눈이 초롱초롱해?"

썸남의 답장에 기분이 좀 가벼워졌음에도 예전에 다니던 노래방에서처럼 훨훨 날아오르지는 못했다.

어쩐지 낯설었다. 비슷하게 생겼는데.

집에 돌아와서 맥주를 마시며 오징어를 씹는데 눈물이 났다. 용인으로 오기 전 남자 친구에게 차이고 난 뒤에도 무언가에 홀린 듯이 그 노래방에 갔었다. 거기서는 해야만 하는 일이 없었다. 노래를 30분쯤 부르지 않고 춤만 춰도 상관없었다. 울어도 되고, 한서희라는 이름을 쓸 수도 있었다. 나는 울면서 그 노래방을 떠올렸다. 거기서 받았던 뻔한 카톡과 문자 메시지보다 훨씬 좋았던, 계속 머무르고 싶었던 그 작고 어두운 방을 생각했다. 거기로 가고 싶었다. 지금 당장.

거짓말처럼 갑자기 궁금해졌다.

그녀에게 배운 것

"우리, 일 마치고 옆에 임창정이 히는 술집 길래? 저
번 주에 임창정 왔다던데. 우리도 운 좋으면 볼 수도
있잖아. 퇴근하고 같이 가자."

3팀에 있는 노란 머리 언니가 말했다. 지난주부터
우리는 가까워졌다. 눈 밑에 애교 살을 과하게 넣어
서 곧 다시 뺄 거라며, 언니가 먼저 살갑게 말을 걸어
준 덕분이었다. 나도 임창정의 오랜 팬이기도 했지
만, 그보다 무슨 말을 하더라도 별다른 생각을 하지
않는 것 같은 그녀와 같이 술을 한번 마셔 보고 싶었
다. 친구 비슷한 존재가 될 수도 있지 않을까.

술집에서 삼겹살이 들어가는 안주와 소주를 주문
했다. 안주는 술보다 늦게 나왔다. 소주를 한 잔 마시

자마자 그녀가 어제 갔다 온 클럽에 관한 이야기를
하기 시작했다.

"거기서 친한 언니들이랑 다 같이 모였거든? 근데
진짜 그 언니들이 엄청 예뻐. 나보다 나이도 더 많은
데 관리를 많이 해서 그런가. 또 나 빼고 전부 외제 차
끌고 온 거 있지. 아, 내가 계약하면 너도 데리고 가 줄
게. 연예인들도 우리한테 와서 같이 놀자 그러고 진짜
재밌더라. 그 언니들은 언제 봐도 멋있는 거 있지."
　서른두 살의 그녀가 계속해서 강조하는 그 '언니
들'이 얼마나 예쁘고 어려 보일지 나는 짐작조차 할
수 없었다.

　마신 소주가 두 병이 되자 그녀는 같은 말을 반복
했다. "양주는 얻어먹는 거지." 마찬가지로 양주를
좋아하는 나는 늘 직접 사서 마셨지만, 그녀의 말대로
라면 그럴 필요가 없었다. 양주를 사 먹는 건 구태여
그럴 필요가 없는 세상 수많은 일 중 하나였다. 여러
사람과 함께 아파트 출입문 앞에 도착하면 내가 비밀
번호를 누르지 않아도 누군가가 문을 여는 것처럼, 문
이 열리면 뒤따라 들어가기만 하면 된다. 무료로 양주
를 마시는 일도 그런 일 중 하나인 듯했다.

"노래방에서 여자 말고 남자도 불러 주는 거 알아? 같이 가 볼래?"

그녀는 꽤 취해 있었다.

"네. 저 가 보고 싶어요."

거짓말처럼 갑자기 궁금해졌다.

앞장서서 5분 정도 걷던 언니를 따라 상가 2층으로 올라갔다. 언니는 노래방 입구에서 정말로 남자를 불러 달라고 말했다. 아주머니는 일단 우리를 방으로 안내해 주었다. 우리는 긴 테이블로 꽉 찬 방 끄트머리에 앉았다. 걸어오느라 술이 약간 깬 나는 그제야 그녀에게 물었다. "언니. 그런데 우리 돈 있어요? 언니랑 나랑 둘 다 계약 아직 못했잖아요." 그녀는 깜짝 놀랐다. 정말 몰랐던 것 같았다. "아 그러네? 그러네. 진짜." 5분쯤 지나 우리는 심각한 표정으로 카운터로 가서 다른 데도 좀 가 보고 오겠다고 말했다. 체격 좋은 아주머니는 아무렇지 않게 받아 주었다. "다른 데 갔다가 여기 와. 잘해 줄게."

그 대화가 너무 당당하고 스스럼이 없어서 언니가 좋아졌다.

"우리 아빠는 중소기업 사장이야."

가게를 나와 컴컴한 길을 걸으며 언니가 말했다.

실제로 중소기업 사장처럼 보이는 남자의 사진도 보여 주었다. 그녀는 우리 집에서 자고 가겠다고 했다. 사진 속 남자의 딸이라면 번듯한 집이 있을 텐데 왜일까, 의문만 품고 묻지는 않았다. 우리 집에 온 첫 손님이었다. 그녀는 곰팡이가 가득한 화장실로 들어가 문을 살짝 열어 놓고 오줌을 누며 말했다.

"나 밀크씨슬이라고 간 영양제 먹거든. 그거 먹은 뒤로 소주 매일 3병씩 마실 수 있어. 효과 진짜 좋아!"

정말 그걸 먹고 주량이 늘었는지는 모르겠지만, 어쨌든 그 들뜬 목소리가 좋았다. 누워서는 누가 먼저랄 것도 없이 금세 잠이 들었다. 일어나 보니 그녀는 또 화장실에 있었다.

"참, 나 매일 하혈을 해."

화장실 문 너머에서 웃는 소리가 들렸다.

"하혈이요? 언니. 그럼 술 끊어야 해요."

"흐흐. 근데 필영아. 바지가 좀 젖었는데 나 바지 하나만 빌려 줄 수 있어?"

언니에게 검은색 스키니 바지를 주었다. 몸무게는 평균이지만 하체에 살이 많았던 나는 입을 때마다 억지로 다리를 구겨 넣는 바지였다. 그 바지를 나보다 5센티미터쯤 더 크고 5킬로그램 정도 덜 나가 보이는 그녀가 입으니 아예 다른 옷처럼 예뻤다.

44

출근하려고 집을 나서니 햇빛이 쏟아졌다. 반지하에 살고부터 '밝음'을 의식하고 알아차리게 되었다. 집 밖에 무수히 많은 햇빛이 존재했다. 처음 방을 구할 때, 중개업자는 이 집이 반지하라는 사실을 강조했다. 지하와는 달리 하루에 한 번 햇빛이 들어온다는 거였다. 자부심이 느껴지는 말투였지만, 그때 나는 회색 후드 집업을 입은 채 '지상과 지하 중간에 끼어 있네' 같은 생각만 하고 있었다. 그런 어정쩡한 집에 살게 되었기 때문인지 내 삶도 어디 중간쯤에 걸쳐 있는 느낌이다. 샌드위치 안의 양상추는 내 기분을 알지도 모르지. 치즈나 햄과는 달리 한 겹 정도 덜 들어가도 아무도 모르는 양상추.

그날, 출근하면서 바지에 다리를 억지로 구겨 넣는 삶과 잘 맞는 바지를 입는 삶에 대해 생각했다. 스판기가 많았던 그 바지는 나도 입을 수는 있었다. 그러나 같은 바지를 입은 언니는 정말 폼이 났다. 날마다 하혈하지만 핏이 사는 바지를 입는 인생, 중소기업 사장의 딸이라고 얘기할 수 있는 인생. 양주는 얻어 마시는 것이다. 그래. 나도 확신하게 되었다. 그 순간만큼은.

그건 그냥 그런 것

초등학교 1학년 때 첫 받아쓰기 시험에서 빵점을 받았다. 마흔 명이 조금 넘는 반 아이들 중 빵점은 나 혼자였다. 아이들은 점수표가 매겨진 내 공책을 뺏다시피 가지고 가서 구경했다.

남들보다 내가 느리다는 걸 깨우쳐 준 일들은 사실 지나치게 많았다. 고등학교 3년 내내 급식소가 있는 지하로 내려가 줄을 서면서 한 번도 앞쪽에 서 보지 못했다. 뛰어가 봤자 느린 내가 서두르는 모양새가 더 웃길 것 같아 엄두조차 내지 못했다. 밥을 받아서 자리에 앉으면 이미 점심시간이 훌쩍 지나 있었다. 보통은 음식을 조금만 퍼서 빨리 먹고 남들이 일어날 때 같이 식사를 마쳤지만, 어떤 날은 반찬이 너무 맛있어서 시간 가는 줄 모르고 점심시간이 끝날 때까지 밥을 먹는 날도 있었다. 먹다가 고개를 들면 급식소가 텅 비어 있었다. 그런 날은 기분이 좀 그랬다.

아침밥을 다 먹기 전에 등교 시간이 되기 일쑤여서 음식을 씹으면서 학교에 갔다. 미술 시간에는 그림을 다 그리기 전에, 시험을 칠 때는 문제를 다 풀기 전에 종이 쳤다. 나는 점점 나를 잘 알게 되었다. 수채화를 완성하라는 말을 들으면 '스케치까지 하겠구나'라고 생각했고, 방석을 완성하라는 말을 들으면 '도면까지는 그리겠네' 싶었다. 나는 내가 할 수 없다는 사실을 잘 알았다. 그리고 그 모두 걸 다 잘하고 싶었다. 정말로 to 부정사를 제대로 이해하고 영어 지문을 줄줄 읽고 싶었다. 그런 일을 해내는 친구들을 나는 매일 부러워했다.

반지하에 살고 싶지 않았는데 무서운 속도로 적응하고 있다.

"뭐해? 서울에 있으니까 좋아? 난 요즘 일이 많아 힘드네."
아무렇지도 않게 헤어진 남자 친구에게서 전화가 왔다. 이 방에는 고장 난 세탁기가 있고 쓸 수 없는 싱크대가 있다. 이제는 정말로 나와 사귀지 않을 것 같은데 자꾸만 연락하는 구남친이 있다. 세상 쓸모없는 것들만 가득한 이 방에서의 시간은 앞으로 가지 않고 옆으로만 벌어진다. 그 이상한 시간 속에서 닭발을 열심히 뜯어 먹으며 소주를 마시는 스물아홉 여자의 미래는 어떻게 될까. 백마 탄 왕자님이 와서 결혼해 달라고 할 수도 있다. 그렇다면 지금 취하면 안 된다. 말에 올라탈 수 없으니까. 그런데 왕자님은 다 비슷하게 생긴 원룸 중에서 이 원룸을 찾을 수나 있을까. 전화라도 오면 편의점 옆에 있는 데라고 설명해 줄 텐데.

모든 일을 제때 끝내지 못하던 아이는 매일 밤 혼자서도 잘 취하는 어른이 되었다. 시간은 언제까지 나아가지 못할까. 방석을 시간 안에 잘 만들었더라면 미래를 꿈꿀 수 있는 어른이 되었을까. 나는 단 한 번도 느리게 살고 싶지 않았다. 그냥 달팽이 아니면 고동으로 태어났을 뿐이다. 원하든 원치 않았든, 그냥 그랬다.

빛나는 것은
빛나게 놔두고

서른이 넘어서 이십 대를 돌이켜 보면 얼었다가 녹았
다가를 반복하고 있었다. 물이 되었다가 얼음이 되었
다가 하면서 내 성질에 대해 알게 되는, 뭐 그런 시간
이었다. 사람들의 시선은 아무런 성과가 없는 시간을
십 년 넘게 보낸 내게 길게 머무르지 않았다. 그래서
혼자일 때가 많았고, 이런저런 생각을 할 수 있었다.
지나가는 사람들의 옷이나 머리 색깔, 선글라스, 모
자, 말투, 표정, 시선 같은 것을 한참 집중해 바라보
기도 했다.

경찰 학원에 다니던 어느 날, 누군가가 내 자리로
와서 전화번호를 물어보았다. 키가 작고 성실해 보
이는 남자였다. 처음에는 결혼했다고 거짓말을 했지
만, 그 자신감이 대단해 보여서 한번 만나 볼까 하는

마음으로 번호를 가르쳐 주었다. 그 뒤 며칠 동안 같이 공부하고 저녁을 먹고 학원 주위를 산책했다. 그 날도 마찬가지로, 우리는 밤하늘이 깜깜해지기 시작할 무렵 도로와 화단 사이에 난 길을 걷고 있었다. 화단 쪽에 있던 크고 까만 돌에 다리 한쪽을 올린 그가 돌아서서 나를 바라보며 말했다.

"사는 게 참 재밌지 않아?"
"어?"
"이렇게 학원에서 밤 열 시까지 공부하고 나면 토요일 저녁에는 목욕탕에 가거든. 그럼 엄청 기분 좋은데. 딱 마무리되는 느낌? 아 맞다. 저번 주에는 목욕탕에서 원장님도 만났었는데."

충만함을 담은 그 미소에 나는 주춤했다. 나는 그의 말을 이해하지도 못했고 받아들일 준비도 되어 있지 않았다. 도대체 어떻게 하면 사는 게 재미있다고 볼 수 있는 거지. 마치 재미있고 없고를 선택할 수 있는 사람처럼. 스테이플러로 종이를 찍을 때조차 몹시 정성을 들이던 그 남자는 결국 경찰이 되었다. 그 남자 말고도 학원에서 물 마시는 시간, 화장실 가는 시간까지 아껴 가면서 공부하는 사람들은 대개 빨리 합격했다. 나 역시 밤 열 시까지 독서실에 있었지만, 내가 좋아했던 건 그 시각에 학원에서 나와 집에 가는 길을 걷는 순간뿐이었다. 항상 운동화와 운동복 차림이어도 괜찮다는 고시생의 특권을 누리면서 그 길을 참 많이도 걸었다. 삶이 재미있다는 생각은 한 번도 해 본 적 없었지만, 적어도 걸어서 집까지 가는 시간만큼은 즐거웠다. 가끔 비슷한 옷차림의 학원생을 마주치는 것도 좋았고, 무엇보다 무작정 걸을 수 있다는 게 적성에 맞았다.

그 당시 학원생이 아닌 누군가를 밖에서 만나면 그들은 보통 나를 배려해서 학원 근처로 약속을 잡았고 비슷한 것들을 물었다.

"시험이 언제야?"

"아, 8월 말쯤에."

"그렇구나……. 힘들겠다. 공부는 잘돼 가?"

"공부? 어 공부, 그렇지 뭐. 열심히 하고 있어."

"이번에는 열심히 해서 꼭 합격했으면 좋겠다. 진짜로."

사람들이 하는 말은 비슷했지만, 태도에서는 차이가 났다. 알아차리고 싶지 않았지만, 너무 많은 사람을 관찰하며 지내서인지 어쩔 수 없이 알게 되었다. 나를 무시하는 눈빛이 느껴질 때면 빠르게 상대방의 성과를 칭찬했다.

"근데 너 이번에 승진했다며? 진짜 대단하다. 승진하고 나면 뭐가 달라지는 거야?"

이렇게 한두 문장만 말하고 나면 다시 나에게로 대화의 주제가 넘어올 일은 잘 없었다. 무시하는 듯한 눈빛을 이겨 보려 애썼으면 이길 수도 있었겠지만, 혹시라도 상황이 이상해질까 봐 그만두었다.

경찰 학원은 꿈을 이룬 사람이 삶의 전부를 이룬 것처럼 보이는 곳이었다. 나는 어느 순간 그곳을 아무 미련 없이 떠났다. 그때 합격했다면 나도 삶의 재미를, 기쁨을, 혹은 전부를 얻을 수 있었을까. 모르겠다. 어느 날 나는 나를 미워했다. 어느 날에는 미워하지 않았다. 그냥 운동복의 지퍼를 목 끝까지 올려 목을 가린 채 계속 걸었다. 나를 뒤로하고 빛났던 이들을 욕하지도 않고 부러워하지도 않았다. 그들은 그들의 길을 갔고, 아무도 신경 쓰지 않았던 나는 그 덕분에 조심할 것도 피할 것도 없이 가볍게 걸을 수 있었다. 혼자 걷다 보면 그 남자가 한쪽 발을 올리던 돌과 마주하곤 했다. 그 돌은 계속 그 자리에 있을 것이다. 그리고 나는 계속 걷고 있다.

좋아 보여

그에게 차이고 석 달쯤 지났던 어느 날, 집 위쪽 공터
에 그의 차가 보였다. 차 문을 여니 그는 갑자기 찾아
와서 미안하다며 내게 맞춰 조수석 위치를 조절했다.
여전히, 그런데 그는 어딘가 달라 보였다. 떨어져 있
으면 사람이 변하는 게 더 잘 보이는 모양이었다.

　다음 날, 그가 같이 경주에 가자고 했다. 우리 집 근
처 커피숍에서 커피를 사서 경주로 넘어갔다. 나를
찾아온 이유를 알고 싶었지만 차마 묻지는 못했다.
그는 즐거워 보였고, 나는 그걸 보는 게 즐거웠다. 한
정식집에 도착했다. 주차장에 차가 많이 없어서 유명
한 집은 아닌가 보다 싶었는데, 친한 형이 오픈한 가
게라고 했다. 반찬이 아주 많은 그곳에서, 그는 요즘

하는 일이 힘들다고 이야기했다. 힘들다고 말하는 표정이 여유로워 보였다. 뭐든 열심히 하는 사람이니까 아마 직장 생활도 잘할 것이다. 알보칠만 있으면 된다. 사귀는 동안에도 그는 입에 뭐가 자주 났다. 예민해서 그런 거라며 그를 놀렸지만, 그의 표정이 좋지 않을 때면 나는 혼자 '알보칠이 필요한 때인가'라고 생각했다. 그런 그가 오늘은 괜찮아 보였다.

밥을 먹고 보문단지를 걸었다. 벚꽃이 활짝 피어 있었다. 그는 나를 보며 웃었다. 그날 나는 단가라 티에 검은색 슬랙스 그리고 긴 트렌치코트를 입었다. 나는 그날의 많은 장면을 기억한다. 바퀴가 달린 오리배가 흐르는 강을 따라 천천히 움직이고 있었다.

산책을 끝내고 근처 커피숍에 갔다. 그제야 얼굴이 자세히 보였다. 아직 내가 좋아했던 그대로였다. 옆에서 보면 구레나룻 자국이 귀 옆으로 길게 내려와 있고, 앞에서 보면 눈썹이 눈보다 길었고 숱이 많았다. 사람의 눈썹은 대부분 눈보다 길지만, 그는 특히나 좀 더 길었다. 어떤 각도에서 봐도 참 예쁜 눈썹이었다. 얼굴이 작고 코가 크고 고동색 테의 안경을 썼다. 그가 가지고 있는 모든 물건이 세트 상품처

럼 자연스러웠다. 빠진 게 하나도 없었다. 그는 진짜
로 그대로였다.

울산으로 돌아왔을 때는 저녁이었다. 고깃집에
서 삼겹살을 먹고 깜깜해진 도로를 몇 번 돌고 나니
길 양편에 벚꽃이 쭉 펼쳐졌다. 차가 마지막 벚나무
를 지났을 때, 얼굴을 스치던 공기가 갑자기 차가워
졌다. 우리는 집 앞에 차를 세우고 오늘의 일들을 이
야기했다. 우리는 할 수 있는 한 많은 오늘의 기억을,
경주와 산책했던 길과 삼겹살 같은 것들을 꺼내어 떠
들었지만 이야깃거리는 금세 바닥났다. 이런 만남은
과거도 미래도 자유롭게 드나들 수 없다. 잠들기 전
에 부스러지는 작은 오늘일 뿐이다.

"인제 그만 갈게."
"조심히 들어가."

차에서 내리다가 그날 종일 가슴에 품고 있던 질문
에 대한 답을 깨달았다.

왜 다시 만나자고 하지 않아?
그는 알보칠도 필요 없을 만큼 평온하니까, 이제는.

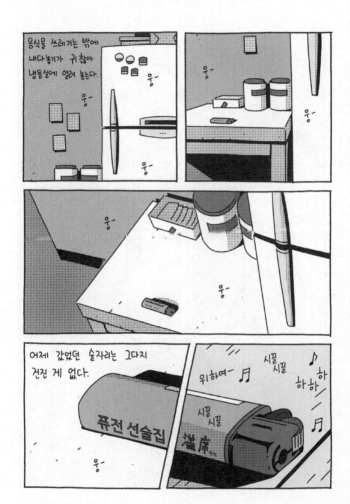

보통의 술자리를
채운,

보통의 사람들.

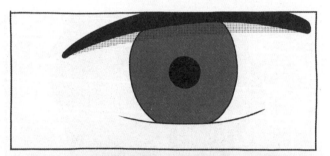

마음의 빈자리를
채우는 방법

집을 나서면서 휴대폰과 지갑을 챙겼지만 뭔가 빠뜨린 것 같다. 음식물 쓰레기는 밖에 내다 놓기가 귀찮아 냉동실에 얼려 놓는다. 어제 갔었던 술자리에서는 그다지 건진 게 없다. 보통의 술자리를 채운 보통의 사람들이었다. 기억에 남지 못할 것들만 가득한 밤. 잊을 만하면 맥주로 채워진 잔과 엉덩이들로 꽉 찬 의자. 음악 소리와 말소리가 뒤엉킨, 그저 그런 덩어리 같은 공간.

자정 무렵 집으로 왔다. 적막 속에서 빨래를 개켰다. 옷들은 모두 알맞은 자리로 돌아갔고, 하루가 끝났다. 끝. 그런데 이 기분 뭘까. 뭔가가 아직 채워지지 않았는데 그게 뭘까. 빈 마음을 메꾸려고 새벽 한 시에 다시 집에서 나왔다. bar라고 적힌 곳에 들어가서 잭다니엘을 시켰다. 옆 테이블 사람들은 다트 던지기를 하고 있었다. 고향에 있는 친구들과 카톡을 하며 술을 한 잔씩 마셨다. 스트레이트와 온더락을 번갈아 마시다 보니 가게가 점점 더 넓어져서 조금 겁이 났다. 바다에 가서 수평선을 바라볼 때처럼, 너무 넓어서, 끝이 없을 것 같아서, 그걸 감당할 수 없을 것 같았다. 그래도 끝은 있을 것이다. 아직 눈에 보이지 않을 뿐이고 내 속도로 다다를 수 없을 뿐이다. 그런데 다다를 수 없는 목적지가 있다는 건 목적지가 없는 것과 무슨 차이인지 모르겠다. 가게 문을 열고 나왔을 때 달라진 건 입술뿐이었다. 진하게 칠했던 립스틱이 모두 술잔으로 옮겨 갔다.

자고 일어나 정장을 입고 집을 나섰다. 썸 타고 있던 남자에게 카톡을 보냈다. 타지 생활에서 남자란 두려울 만큼 넓어지는 공간을 좁히기 위한 치트키다. 현실 속의 대화를 나누다 보면 공간이 다시 좁아지는 기분이 든다.

"뭐 먹고 있어?"

맥락 없는 나의 질문에 대한 답으로 쌀밥 위에 삼

겹살을 올려놓은 사진을 보내 준 남자 덕분에 무거웠던 머리가 조금 가벼워졌다. 아침부터 웬 삼겹살인가 싶기도 했지만, 내가 현실을 살아간다는 사실을 확인하고 안도할 수 있었다. 한 근씩 살 수도 있고 만 원어치만 살 수도 있고 250그램도 살 수 있는 삼겹살은 아주 유연하고 튼튼한 현실이다.

출근했다. 까만 단발머리에 빨간 립스틱을 바르고 온종일 모델하우스 안의 모형을 보며 정해진 동선으로 돌아다니다 보면 나도 그 모형의 일부가 된다. 늘 같은 정장을 입고 같은 말을 한다. "여기가 거실이고 여기가 안방입니다. H 브랜드 믿을 만한 건 다들 아시죠." 여기에 전화 영업이 추가된다. 하루에 200통씩 티엠(무작위 통화)을 돌리면, 대략 스무 명은 화를 내고 네 명은 관심을 가지고 세 명은 신고한다고 소리를 질렀다. 아니, 괜찮았다. 그런 것쯤이야 아무래도 좋았다. 계약만 따낼 수만 있다면.

오늘도 고객 내방 일지를 작성했다. 네 개의 빈칸을 모두 채웠다. 오후에는 어제의 내방 일지 맨 위 칸에 기록했던 50대 아저씨가 모델하우스에 왔다. 그는 실투자금 4천만 원은 없고 사은품이나 받을까 싶어서 와 봤다며 솔직히 털어놓았다. 나는 웃으면서

63

대답한다. "선생님, 잘 오셨어요."

퇴근 후에는 회식이 잡혀 있다. 이 회사 사람들은 회식할 때면 내가 세상에서 제일 싫어하는 음식만 먹으러 간다. "그래, 오늘은 지리탕 어때?" 팀장님의 말을 듣는 순간, 울산에서 친구가 올라왔다는 핑계가 저절로 나왔다. 퇴근하자마자 모델하우스 바로 앞에 있는 초밥집으로 갔다. 연어가 들어오는 날은 화/금요일이라고 입구에 크게 쓰여 있지만, 나는 신경 쓰지 않고 평일 저녁 매일 연어 초밥을 산다. 언제 잡은 연어인지 알 바 아니다. 그냥 내가 먹고 싶다. 질문받는 데는 진절머리가 났다.

"왜 용인에 왔어요? 울산에도 파리바게트 있어요? 거기도 커피 팔아요? 가격도 여기랑 같아요?"

일하다가 처음 만나는 사람들은 쓸데없는 질문을 끝없이 해댔다. 듣다 보면 머릿속이 하얘졌다. 그래서 저녁밥은 웬만하면 혼자 먹었다. 소음이 거의 없는 반지하 방에서 쾨쾨한 냄새를 맡으며 먹었지만, 열두 개의 초밥을 삼키는 순간만큼은 비어 있던 마음 어딘가가 채워지는 듯했다.

용인에 오기 전, 울산에서 일할 때 처음 나이트에

갔다. 지금의 팀장님과 함께 간 그곳은 50대 이상이 주로 찾아오는 성인 나이트였다. 팀장님은 그곳 사람들과 나이대가 맞았고, 나는 고작 스물여덟이었다. 그곳에서 팀장님은 신나게 춤을 추었고, 하이힐을 신고 있었던 나는 손뼉만 쳤는데도 모두 우리를 쳐다보았다. 그렇다고 음흉하고 찐득한 시선이나 행동이 있었던 건 아니었다. 신기한 밤이었다. 왜 팀장님은 나와 함께 그 나이트에 갔던 걸까. 친구가 되고 싶었던 걸까. "필영아, 용인에 가면 나랑 더 친해질 일은 없어. 팀 회식으로는 자주 지리탕을 먹으러 갈 거야. 그래도 나하고 같이 일하러 용인 갈래?"

정말 그럴 줄 알았다면 절대 가지 않았을 것이다.

비가 오던 날, 유달리 냄새가 많이 나는 방에서 생각했다. 남 탓이라도 하자. 이 공간이 모두 곰팡이로 뒤덮이기 전에, 우울증에 빠지기 전에 모든 일을 내 탓으로 돌리는 일은 그만두자. 그렇게 생각하자 예전에 요가 선생님이 했던 말이 떠올랐다.

"필영 씨, 필영 씨가 여기에 있는 것도, 이걸 하는 것도 모두 필영 씨의 결정이에요."

개뿔이다. 더 우울해졌다.

노래방 도우미 자매

그녀가 처음 손님으로 왔던 때를 기억한다. 아주 긴 손톱 중에 세 개만 색칠돼 있었고, 짧은 트레이닝복 바지를 입고 있었다. 화장하지 않은 게 유독 티가 나는 사람이었다. 그녀는 자기처럼 날씬한 휴대폰을 골랐다. "이걸로 하시겠어요?" 기기값을 어느 정도 빼주며 생색을 내도 남을 만큼 남는 모델이라 나도 모르게 평소보다 목소리 톤이 높아졌다. 나와 달리 그녀는 휴대폰에 큰 관심이 없어 보였고, 비염이 있는지 자꾸 킁킁거렸다. 습관적으로 입은 것처럼 보이는 트레이닝복 바지가 아무래도 추워 보였다.

"손톱이 너무 예쁘세요."
"아, 제가 이거, 네일아트 하는 게 취미예요. 이거

66

도 직접 칠한 거예요. 괜찮죠."

쫙 펼친 그녀의 손톱도 예뻤지만 사실 손가락이 더
훌륭했다. 가늘고 긴 손가락이었다. 그걸 보면서 말
을 이어 갔다. 손톱에서 시작된 이야기 주제는 어느
새 남자 친구로 바뀌어 있었다.

그녀는 자신이 노래방 도우미였다고 말했다. 손톱
에 있는 그림을 설명하듯 아무렇지 않게 자신의 직업
을 얘기하는 바람에 갑자기 좀 친해진 기분이 들었다.
"근데 내가 안 예뻐서 추이스를 많이 못 당해서 그
때 너무 힘들었거든. 그래서 정신과 약도 얼마 전까
지 먹었고. 근데 지금 남자 친구가 그때 손님으로 왔
는데 내가 딱 자기 스타일이라는 거야. 처음에는 별
로였는데 몇 번 만나 보니까 사람이 참 괜찮대? 내 과
거도 다 아는데 그런 거 진짜 하나도 신경 안 쓰고."
이제 도우미 일은 그만두었고 정신과 약도 끊었다
고 했다. 그 남자의 엄마가 지난주에 김장을 해서 갖
다 주셨다는 말을 마지막으로 그녀의 얼굴에 미소가
번졌다. 나는 그녀의 이야기에 듬성듬성 고개를 끄덕
이며 개통실과 연락을 주고받았다. 개통이 다 되었다
는 얘기를 듣고 새 폰에 액정 필름을 붙였다.

"케이스도 하나 드릴게요. 뭐로 드릴까요?"

내가 그녀가 고른 케이스를 끼워 주는 동안 그녀는 자신의 손톱만 쳐다보고 있었다.

다음 날에는 그녀의 언니가 왔다. 동생이 소개해 줘서 왔다는 언니는 남자 친구와 함께였다. 남자는 오십쯤 먹은 날라리처럼 보였다. 오십 대 날라리는 어떤 거냐면, 인생의 방향이나 취향의 문제가 아니라 애초에 자라질 못했다는 느낌을 풍기는 사람이다. 그의 목에 둘러진 굵은 금목걸이는 왠지 애처로워 보였다.

그 남자와 달리 언니는 첫눈에 호감이 갔다. 실제 나이보다 열 살 정도는 어려 보였는데, 키가 작은 것도 한몫했겠지만 무엇보다 목소리가 귀엽고 피부가 젊었다. 깔끔하고 단정한 체크무늬의 얇은 코트도 잘 어울렸다. 언니는 어제 동생이 고른 것과 같은 모델로 개통했다. 개통을 다 하고 난 뒤 찾아보니 동생에게 준 것과 똑같은 폰 케이스가 없었다. 주문해서 드리겠다고 말하자 그녀는 다음 날 다시 오겠다며 남자 친구와 함께 가게 문을 열고 나갔다.

언니는 다음 날 점심시간이 되기 전에 혼자 왔다. 케이스를 주고 액정 필름을 붙이며 내가 동생에 대해 아는 척을 하자 언니도 자기 얘기를 하기 시작했다.

그녀 역시 노래방 도우미였는데 지금은 쉬고 있다고
했다. 계속되는 고백에 나도 보답을 해야 할 것 같아
케이스를 끼우며 슬며시 물었다.

"저, 집에 놀러 가도 돼요?"

일요일 오전에 와도 된다고 했다. 일요일 오전에
가게 문을 열지 않고 그녀의 집으로 갔다.

"어서 와."

"안녕하세요."

"가게는 오늘 사장이 문 열어?"

"아, 사장은 바빠서 제가 다 책임지고 문 열고 닫고
해요. 오늘은 쉬는 날이에요."

"그럼 얼마 정도 받아?"

"아…… 한 백팔십 정도?"

"사장이 너한테 잘해야겠네. 돈도 조금밖에 안
주고."

그녀의 질문에 내 가게라고 답하는 대신 적당히 둘
러대며 집 안으로 들어갔다. 나에 관해 설명하다 보
면 이야기가 길어지고 유치하고 귀찮아진다. 스물셋
에 가게를 직접 해? 그런 질문을 듣는 것을 막기 위해
나는 질문이 없을 것 같은 말을 찾아 먼저 답한다. 누
군가 물어보면 스물여섯 살이고 가게 직원이라고 둘

러대는 게 습관이 되었다.

원룸은 아직 해가 들어오기 전인지 어두웠다. 그녀가 내 앞에 서서 불을 켜 주었다. 빨래 건조대와 주방, 그리고 티브이가 하나의 물건처럼 붙어 있었다. 방바닥에 세워 둔 거울 옆에 가방을 놓고 앉았다. 거울을 보며 머리를 잠시 만지고 있자니 언니의 목소리가 들렸다. 휴대폰을 사러 같이 간 사람은 애인은 맞지만, 가정이 있는 남자라고 했다. 매번 그가 곧 이혼할 거라고 장담해서 10년을 버텼는데, 곧 그 아들이 스무 살이 된다고 했다. 그런 그 사람이 요즘 또 말을 바꿨다고 했다. 이런 결혼을 어떻게 또 하냐고.

"근데 나는 서른일곱이라서 이제는 결혼도 하고 싶고 애도 가지고 싶거든."

이 자매의 단어는 정확하다. 속으로는 그것이 신기했지만 내색하지 않으려고 거울에 비친 내 얼굴을 보았다. 식탁 주위를 걸으면서 말을 이어가는 그녀의 모습이 거울 속을 들락거렸다. 좁은 거실은 부엌을 겸하고 있어서 굳이 돌아다닐 필요는 없어 보였지만, 말을 한 마디 할 때마다 주위를 정리하는 게 그녀의 습관인 듯했다. 그녀는 어쩌다 보니 지금은 일을 쉬고 있지만, 돈이 떨어져서 다른 일을 찾아보고 있다고 했다. 다음 주에 백화점 지하 식당에 면접을 보러 간다고 했다. 밥솥 주변까지 치울 게 없는지 꼼꼼히 살펴본 뒤에야 그녀는 내 옆에 엉덩이를 대고 앉았다.

함께 티브이를 보면서 일요일 오후 내내 거기에 있었다. 오후 네 시쯤에 햇빛이 집 전체에 들어왔다. 여기에는 담배도 없고 술도 없다. 이 집에 사는 집주인이 술 담배를 못 하니까 당연했지만, 어쩐지 서글펐다. 여기가 이렇게 깨끗해서 될 일인가. 10년 동안 같은 방향으로 흘러갔던 어떤 일의 어떤 이유도 이 방에서 찾을 수 없다. 빨래는 구석에 놓인 건조대에 가지런히 올라가 있고 모든 식기는 제자리에 있다. 그런데 이상하게, 그게 어디인지는 모르겠지만, 어딘가 잘못돼 있다는 생각을 지울 수가 없었다. 한번 시동을 켜면 멈추지 못하는 고장 난 자동차처럼, 우리는 각자의 길로 달려가고 있었다.

할머니 이야기

휴대폰 매장에서 일할 때는 매대 안쪽 책상에 앉아 멍하게 있는 시간이 대부분이다. 그러다 출입문에 달린 종이 울리면 퍼뜩 그곳을 쳐다본다. 이번에는 키가 큰 할머니였다. 커다란 손이 먼저 눈에 들어왔다. 할머니는 옆에 선 할아버지에게서 시선을 떼지 못했고 나는 할머니로부터 시선을 떼지 못했다. 할머니가 할아버지를 바라보는 내내 지나치게 밝게 웃었기 때문이다. 흰머리는 할아버지 쪽이 많았지만, 할머니의 키가 더 커서였는지 아들과 엄마 같은 느낌이 났다. 그날 할머니와 할아버지는 둘 다 자기 전화를 만들었다. 개통을 기다리는 동안 믹스 커피를 타 드렸다. 손님들은 이 믹스 커피를 마시기 시작하면 개인적인 이야기를 쏟아 낸다. 그러다 자기가 그런 고백을 하고 있다는 사실을 뒤늦게 알아차리곤 한다. 이번에도 여러 가지를 알 수 있었다. 둘이 부부는 아니지만 같이 살고 있었고, 할머니가 식당을 운영하고 있고 할아버지는 특별한 일을 하지 않았다. 개통을 끝내고 통신사 로고가 프린트된 종이 가방에 기기와 계약서, 충전기를 넣어서 할머니에게 건넸다. 할머니는 가게를 나갈 때도 할아버지를 바라보며 웃었다. 할머니 쪽이 큰 키만큼 더 즐거워 보였다.

이 둘은 며칠 뒤 다시 가게를 찾아왔다. 딸랑딸랑, 가게 문에 달아 놓은 종도 밝게 울렸다. 두 사람은 요금을 충전해 달라고 했다. 휴대폰에 돈을 충전했다가 게임할 때 쓰는 듯했다. 나는 그 충전액을 정확히 무엇에 어떻게 쓰는지는 몰랐지만, 개통실에 전화해서 두 번호 다 충전해 달라고 하니 알겠다는 대답이 돌아왔다. 총 충전 금액이 100만 원 가까이 되어서 조금 놀라긴 했지만 내가 상관할 바는 아니었다. 매대 안쪽에 앉아서 처리가 끝나기만을 기다렸다.
"다 되었습니다."
내 말이 끝나자마자 그들은 또 아이들처럼 웃으며 나갔다. 웃음은 가게 문을 닫자마자 쌩하고 사라졌다. 어째서인지 나는 문을 한참 쳐다보았다.

이후 계절이 두 번 바뀔 동안 할머니는 꾸준히 찾아와 큰 금액을 충전하고 갔다. 월초에는 할아버지와 함께였고, 그달 중에 한 번 더 올 때는 혼자였다. 혼자 오는 날에는 초점 없는 눈으로 문을 열었다. 길을 잃어버린 사람 같았다. 그녀는 그 눈동자로 매대 앞에 앉아서 충전을 막거나 한도를 낮출 수는 없냐며 이것저것을 물어보았다. 나는 몇 가지 방법을 알려 주었고, 할머니는 알아들은 듯했다. 그러다 월초가 되면 다시 둘이서 다정하게 가게 문을 열었고, 또 얼마 지나면 할머니는 눈동자를 잃어버린 채 찾아와 추가 충전을 부탁했다. 이제 그 모습에 익숙해졌다는 생각이 들자 할머니에게 말을 걸고 싶어졌다. 소주 브랜드 이름이 적힌 검은색 앞치마를 두른 채 넋을 놓은 사람에게.

"식당에서 제일 맛있는 메뉴가 뭐예요? 한번 먹으러 갈게요."
"제육볶음. 진짜 와."

힘없고 다정한 목소리였다. 하지만 할머니는 문을 열고 나가면서 진짜 웃음을 보여 주었고 그 웃음은 사라지지 않았다.

저녁 아홉 시가 되어 문을 잠그고 거리를 나왔다. 내리막길로 내려갔다. 횟집 간판 한두 개를 지나면 모텔들이 죽 늘어서 있다. 사람들이 많이 다니는 길은 아니지만, 아무것도 보지 못할 정도로 어둡지는 않았다. 빨간 모텔 불빛에 의지해서 조금 더 걸어가면 길 구석에 편의점이 있고, 거기서 큰 도로 쪽으로 조금만 가면 버스 정류장이 나온다. 이번 달에는 가게를 끝내고 나서 너무 많이 걸었다. 바람피우는 남자와 계속 만났다. 하지 말아야지 했던 일들을 습관처럼 반복한다.

그날, 걷는 내내 할머니가 머릿속에서 떠나지 않았다. 큰 손, 눈동자, 웃음. 다시 큰 손, 눈동자, 웃음. 이상한 일이다. 나는 왜 자꾸 이 길로 다니는 거지. 다른 길도 있는데.

스물넷에는
뭔가 되어 있을 줄 알았는데

떠들썩하게 개업했던 휴대폰 매장의 마무리는 덤덤했다. 무료로 비치되었던 기기들을 영업 사원들이 회수해 갔다. 그게 끝이었다. 통신 3사 중 마지막 영업 사원이 마감 직전에 가게 문을 열고 들어왔다.

그는 오자마자 매대 안에 늘어서 있던 기기를 꺼내서 일련번호를 확인했다. 그리고 자기가 가져온 종이에 적힌 번호와 맞는지 또 한 번 확인하고 나서 상자에 담았다. 멍하니 매대 끄트머리에 서 있던 나는 시선을 내려 그의 남색 체크 정장 바지의 밑단을 구경했다. 바지 색과 비슷한 구두 굽의 반 정도에서 멈춘 기장은 너무 길지도, 짧지도 않았다. 문득 그가 제주도에서 왔고 나와 나이가 같다고 말했던 게 떠올랐다. 중간에 담당이 바뀌었으니 그를 본 지도 딱 1년이 되었다. 그는 가게에 기기를 넣어 주며 종종 여자 친구 얘기나 같이 일하는 사람들과 술 마신 얘기를 들려주었다. 주로 나는 맞장구를 치는 쪽이었는데, 어느 날은 나도 그 전날 있었던 술자리 얘기를 하며 그때 만나던 남자 얘기를 해 주었다. 그 얘기를 들은 그가 또다시 다른 술자리와 집 근처 맛집에 대해 말하다가, 자기 집에 한라산 소주가 많은데 그 소주가 매우 맛있다는 이야기를 했다. 그가 한라산 소주를 얘기할 때 지었던 웃음이 떠오른 순간, 밖을 보니 열다섯 개의 서로 다른 핸드폰을 담은 상자가 그의 하얗고 깨끗한 차 트렁크에 실리고 있었다. 가게 문을 열고 나가 그의 옆으로 갔다. 그가 먼저 말을 걸었다.

"그동안 고생하셨습니다. 사장님. 그래도 여기 오는 게 낙이었는데 이제 끝이네요. 언제 한번 술 한잔 해요."

"잘해 주셔서 감사했어요. 근데 저 그때 얘기한 한라산 소주, 지금 먹으러 가도 돼요?"

그는 한 2초 정도 멍한 표정을 보였지만 금방 웃으면서 상관없다고 대답했다. 보안 키를 대서 문을 잠그고 가게를 나왔다. 오후 네 시라고 해도 믿을 만큼 밝고 눅눅한 밤이었다. 나는 니트로 된 원피스를 입고 있었는데 전혀 춥지 않았다. 아무튼, 곧장 집으로 들어가고 싶은 그런 날씨는 아니었다. 그의 차를 같이 타고 10분 정도 가니 원룸이 쭉 늘어선 번화가가 나왔다. 그는 그 건물 중 하나에 차를 댔다.

　방에 들어가자마자 바로 주방 겸 거실이 나왔다. 바닥에 물건이 없어서 이 공간이 정사각형이라는 게 한눈에 보였다. 티브이가 있는 옆방으로 그를 따라 천천히 걸어갔다. 그가 근처에 맛있는 치킨집이 있다며 치킨과 콜라를 시켜 주었다. 어정쩡하게 그와 마주 앉은 채로 티브이를 보며 치킨을 기다렸다. 그와 나 사이에는 이제 휴대폰도 없고 아직 치킨도 없다. 딱히 할 말도 없었다. 치킨이 오자 우리는 얘기를 시작했지만, 질문으로만 계속되는 이상한 얘기가 되어 버렸다. 다 먹고 난 뒤 아홉 시가 조금 넘었을 때쯤 슬금슬금 바닥에서 무릎을 떼고 일어났다. 나가는 길에 부엌을 보니 싱크대 위에는 한라산 소주가 몇 병이나 늘어서 있었다. 내가 아닌 다른 누군가가 뚜껑을 열 소주병과 눈인사를 하며 집에서 나왔다. 술을 마시지 않은 그가 집 앞까지 태워 주겠다고 했다.

　"사장님, 이제 내일부터 뭐 하실 거예요?"

"글쎄요. 뭘 하면 좋을까요."

"그동안 열심히 일하셨으니 이제 좀 쉬세요."

나는 차가 멈추자마자 내렸다. 일할 때 짓는 종류
의 웃음과 함께 마지막 인사를 했다. 그러곤 방금 웃
을 때 안쪽 어금니가 너무 반짝거리지는 않았을까,
하고 작게 걱정했다. 아무래도 그 상황에 맞는 웃음
은 아니었던 것 같다. 차가 떠난 자리를 쳐다보았다.
차도에는 오늘따라 양옆으로 주차된 차도 없었고 달
리는 차도 없었다. 그곳은 조금 이상하게 텅 비어 있
었다. 오랜 시간 헷갈렸던 관계는 이렇게 미지근하게
끝났다. 핸드폰 가게를 열 개쯤 내서 수십 억을 벌려
고 했던 큰 꿈과 함께 사라졌다. 농협 VIP 통장은 이
미 지난여름부터 일반 거래 통장으로 바뀌어 있었다.
출근하자마자 에어컨을 틀고 가게를 쓸고 닦았던 그
때가 떠올랐다. 후덥지근한 공간 속에서 땀이 흘러내
렸고 무수히 많은 먼지를 없앴는데, 결국 제자리다.
바보 같은 일을 한 걸까. 반찬 가게가 휴대폰 가게로
바뀌었다. 또 다른 주인에 의해 다른 가게로 바뀌겠
지. 계속 바뀌기만 하는 것인지도 모르겠다. 겨울이
되었다. 모든 것은 그냥 지나가 버렸다.

걷는 사이

휴대폰 가게를 끝내면서 연애 비슷한 것도 함께 끝내고 이틀 정도 내리 쉬었다. 다락방 계단에 앉아서 창밖을 바라보았다. 이틀 내내 그 자리에 붙어 아래를 바라보면서 두 가지 생각을 반복했다. 여기서 떨어지면 죽을까. 고양이라면 죽지 않을 텐데. 상처 하나 없이 내려앉을 텐데. 이틀째 되던 날부터 눈이 왔고, 쌓인 눈 사이로 얼마 전 마당에 버려 놓은 굽 나간 구두가 보였다. 보통은 버린다고 마당에 놔두면 누군가가 들고 가곤 했는데, 저 구두는 아직도 그대로 있었다. 털이 달린 아이보리색 구두는 자기를 조금씩 덮어 가는 눈과 잘 어울렸다. 삼겹살집, 닭발집, 휴대폰 가게, 술집 그리고 집으로 걸어 들어오는 길……

그 구두가 보았을 법한 광경을 하나씩 떠올렸다.

다음 날, 아침 일곱 시에 출발하는 KTX를 타고 대전으로 갔다. 역에서 내려 길을 건너자 미로 같은 시장이 나왔다. 길을 따라 걸으며 아직 장사를 시작하기 전인 가게들을 보며 뭘 파는 곳일까 짐작해 봤다. 참기름이나 달걀 따위를 파는 가게처럼 보이는 곳을 지나칠 때쯤 갑자기 영화관이 나왔다. 거기서 〈오늘〉이라는 영화를 보았다. 영화가 끝나고 나와 화장실에서 똥을 싸며 대전에 온 걸 실감하려 애썼지만, 변기도 영화관도 딱히 울산과 다른 것 같지는 않았다. 다시 시장을 헤매다가 버스를 타고, 사람이 세 명 정도 남았을 때 내렸다. 어딘지는 알 수 없지만, 사람이 많았다. 조금 걸으니 놀이 기구가 나왔다. 트램펄린에는 어린 친구들이 많이 타고 있어서 그들이 즐거워하는 모습을 쳐다보았다. 아이들의 웃음소리는 음소거가 된 것처럼 잘 들리지 않았는데, 그 웃는 얼굴들과 여기저기 튕겨 올라오는 몸들은 지나칠 만큼 생생해 보였다. 그때부터 시간은 고장 난 태엽처럼 갑자기 흐르다가 문득 멈추기를 반복했다. 아이들을 얼마나 오래 쳐다보고 있었는지 가늠할 수가 없었다.

다시 걸어서 폭이 좁은 길 오른쪽에 있는 2층 커피숍으로 갔다. 와플과 커피를 주문했는데 와플이 엄청 많이 나왔다. 그걸 기어이 혼자 다 먹고 나서야 다시 밖으로 나섰다. 가게 정문 옆 전신 거울에 비친 나를 사진

으로 한 장 찍었다. 워커힐과 어깨가 지나치게 큰 갈색
코트 때문인지 아무래도 엉성해 보였다. 밖으로 나오
자 쭉 펼쳐진 길이 마음에 들어 그 끝까지 걸어 보았다.
DVD방은 몇 개 없어 보였다. 여기는 왜 DVD방이 별로
없지. 대전에는 원래 별로 없나.

택시를 타고 번화가로 갔다.
"기사님, 백화점 근처로 가 주세요."
"아, 여기 사람이 아닌가 봐?"
"네, 저 울산에서 왔어요."
"아, 울산에서 오셨구먼. 울산은 잘사는 도시지. 대기
업도 많고."
잘사는 도시. 기사님의 울산 이야기를 듣다 보니 어
느새 백화점에 도착했다. 택시에서 내리자마자 양말을
파는 아저씨가 보였다. 아저씨의 말대로라면 정말 좋
은 양말인 것 같은데, 저 말들은 다 진짜일까, 그런 생각
을 하며 또 가만히 서서 잠시 시간을 보냈다.
그리고 다시, 계속 걸었다. 해가 조금씩 지고 있었다.
강이 한 번 나왔고 기억할 수 없을 만큼 많은 건널목을
지났다. 깜깜해지고 나자 이상한 방식으로 마음이 편
안해졌다. 여기가 어딘지는 모르겠지만, 저녁이 되면
여기서도 틀림없이 해가 진다는 사실을 확인했기 때문
이다. 배가 고파져서 퉁퉁 부은 발을 끌고 예약해 놓은

호텔로 들어갔다. 씻고 폭신한 이불에 누워서 티브이를 켰다. 커피포트로 물을 데워 컵라면을 끓여 먹었다. 어서 잠들고 싶다고 생각하자마자 잠이 들었다.

다음 날 집에 도착하니 점심이 지나 있었다. 눈은 그쳤고 구두는 그 자리에 없었다. 그 구두를 신은 채로 했던 모든 일들이 이제 사라졌다. 그 웃음, 울음, 계속되었던 말들. 또 다른 새 구두가 며칠 안에 택배 상자에 담겨 올 것이고, 그러고 나면 누가 주워 간 구두를 떠올리는 일은 없을 것이다. 해가 뜨고 지고 기어이 다 먹은 알약이 소화되고 굽이 부러진 구두를 누군가가 들고 가 버린 그 모든 일들이, 정말 다행이다.

좀 이상한 연애

경찰 공무원 학원 첫 수업 날 영어 선생님이 칠판 위
에 그림을 그렸다. 기역자의 절벽 끝에 사람이 서 있
었다.

"너흰 지금 절벽 위에 있는 거야. 합격 못 하면 끝
이야. 꼭 죽기 살기로 해야 한다."

그 절벽 위에서도 나는 틈틈이 연애는 했다. 화장
실 앞 복도에서 양치질할 때면 입안의 치약을 헹구
기 전까지 서로를 쳐다보았다. 공부가 끝나고 집에
갈 때는 근처 초등학교에 들러서 그의 체크무늬 남방
을 내 엉덩이에 깔고 앉아 몇 시간씩 이야기를 나눴
다. 독서실에서 잠이 들면 서로를 깨워 주었다. 물을

뜨러 정수기까지 같이 갔다. 독서실 근처에서 공짜로
주는 코코아를 마시기도 했다. 서로의 운동복과 몸
살감기 약을 사러 다녔다. 상대의 책상에 시시덕거리
며 낙서를 하고, 그 낙서를 쳐다보며 소리 내지 않고
영상 통화를 했다. 그는 항상 내 가방을 들어 주었다.

　그러다 그만 필기시험에 합격했다. 며칠 고민하다
짐을 싸서 절에 들어갔다. 공부를 더 열심히 해서 그
와 함께 경찰이 되고 싶었다기보다는, 그냥 어쩐지,
갑자기, 그의 곁은 내 자리가 아닌 것 같았다. 그렇게
새로 찾은 자리가 길이었다. 절 입구에는 아주 커다
란 불상이 있었다. 불상은 내 미래를 안다는 듯한 오
묘한 표정을 짓고 있었다.

　3일 정도 스톱워치를 켜 놓고 하루 여덟 시간 이상
공부했다. 4일째부터는 밤낮이 바뀌었다. 새벽 네 시
에 스님이 목탁을 두드릴 때 잠이 들었다. 자고 일어
나면 낮이었다. 아점으로 카스텔라를 세 개 먹고 믹
스 커피를 한약처럼 마셨다. 그러고 나면 책상 앞에
앉아서 노트북으로 동영상 강의를 제일 먼저 켰지만
강의는 5분 정도 보다가 유튜브에서 웃긴 영상을 찾
아서 봤다. 자꾸만 생겨나는 시간을 없애기 위해, 절
박하게 유튜브를 뒤지고 또 뒤졌다. 정신을 차릴 때
쯤에 또 그 목탁 소리가 들렸다.

절에서 배정해 준 방은 몹시 더웠다. 가스 밸브를 다 열면 더우니까 조금씩 줄이면서 조절하면 된다는 설명은 들었는데, 조금 줄이는 건 도대체 어떻게 하는 건지 알 수가 없었다. 그래서 방바닥은 늘 뜨겁거나 차가웠다. 방에 딸린 욕실에서 샤워하고 뜨거운 방으로 돌아와 앞머리를 잘랐다. 예전에는 앞머리가 있는 게 나았던 것 같은데 자르고 나니 없는 게 더 나아 보였다. 간간이 메일함을 열어 보며 그의 연락을 기다렸다. 내가 보낸 편지가 마지막이었다. 절 방에 물이 잠깐 끊겨서 커피포트 물로 머리를 헹궜다는 이야기였다. 5일째 답장이 없었다. 정신 차려 보니 또 새벽 네 시였다. 잠을 잤다. 꿈에서 미스코리아가 되어 심사위원들에게 인중이 예쁘다는 평가를 받았다.

늦은 아침 눈을 떠서 그 꿈에 대해 잠시 생각한 뒤 헐렁한 후드티를 입고 밖으로 나왔다. 옆방 아저씨와 건너편 방에서 지내는 고등학생 남자애도 나와 있었다. 둘은 약간 떨어져서 서로 다른 곳을 쳐다보며 얘기하고 있었다.

"산에 한번 같이 올라갈래요. 운동 삼아 어때요?"
옆방 아저씨가 어슬렁어슬렁 내 옆으로 오더니 작대기를 주면서 말을 걸었다. 셋이서 작은 산을 오르면서 옆방 아저씨가 스님을 싫어한다는 것과 고등학생 청년이 범죄를 저질러서 학교를 그만뒀다는 사실을 알게 되었다. 나도 그들에게 뭐라도 말해야 할 것 같아 경찰 공무원을 준비하는 스물일곱 살 여자라는 말을 했다. 아무 공통점도 없는 우리는 작대기로 바닥을 짚으며 계속 올라갔다. 단풍이 진 지 오래였지만, 대신 빨간 조끼를 입은 수십 명의 아줌마가 산 여기저기를 물들이고 있었다. 참 잘 어울렸다. 그 조끼를 쳐다보다가 이제 그만 울산에 내려가야겠다는 생각을 했다.

다시 학원에서 만난 그는 못 보던 회색 슬랙스를 입고 있었다.

"밥 먹을래? 나 근데 네 시까지 집에 가 봐야 해서."

어정쩡한 시간에 헤어져서 집으로 갔다. 평소에는 오후 네 시에 집으로 가는 일은 하지 않지만, 오늘은 그러고 싶었다. 집에 도착하자 마당에 묶여 있는 강아지가 꼬리를 흔들며 반겨 주었다. 군데군데 갈색 털이 엉킨 강아지는 안 본 사이에 살이 쪄서 토실토실했다. 이발소 문을 열고 들어가자 아빠와 엄마가 있었다. 나를 보고도 별다른 말이 없던 아빠 엄마는 20년 동안 단골이었던 치킨집에서 치킨을 주문했다. 바로 2층으로 올라갔다. 어디서 불어오는지 자꾸

바람이 들어오는 거실에서 외투를 입은 채 혼자 누워 있으니 곧 치킨이 도착했다. 익숙한 맛이 나는 치킨을 먹었다. 시계를 보니 여섯 시가 되기 전이었다. 당연히 바뀔 리 없는 거실 시계지만, 그 시계를 포함한 이 거실의 모든 물건들이 그 자리에 그대로 붙어 있는 게 갑자기 신기하게 느껴졌다.

연애를 시작한 지 한 달이 지났을 때, 나는 그에게 이런 것들을 알려 주었다. 우리 집 강아지의 이름이 뭔지, 택시 기사에게 어떻게 말하면 우리 집까지 올 수 있는지, 우리 동네에 공원은 어디쯤 있고 몇 시에 문을 닫는지. 물론 다른 때에 다른 남자를 만날 때도 같은 시기에 같은 내용을 알려 주었다. 같은 시기에 같은 내용. 4월에 시작한 나의 연애들은 이듬해 겨울에, 심하게 추워지기 전에 모두 끝났다. 늘 스스로 앙상해지다가 툭 하고 부서졌다. 그렇게 다양해 보였던 여러 연애가 비슷한 질서를 가진다는 게 이상하다. 연애라는 것은 진짜 좀 이상하다. 그는 확실히 좀 달라 보였는데.

쌤은 코만 딱 고치면
예쁠 텐데

고시생 생활을 끝내고 처음으로 구한 일자리는 성형
외과였다. 정장을 입고 어떤 곳으로 가서 여기서 일
하고 싶다고 이력서를 내는 일은 내가 (어쩌면 가장)
잘하는 일이었다. 깔끔한 옷을 차려입고 웃으면서 질
문에 대한 답을 하면 내가 원하는 정도의 일은 바로
시작할 수 있었다.

  병원에서 일해 보니 이전에 일했던 영화관이나 호
텔과 비슷한 점이 있었다. 고객이 기분 상하지 않게
응대하는 게 가장 중요했다. 그런데 여기서는 좀 더
행동이 빠르고 꼼꼼해야 했다. 나는 수시로 많은 질
문을 통해 혼났다. 잠시 통신사에서 일할 때 남자 과
장님들이 욕으로 혼냈던 것과는 또 달랐다.

"지금 뭐 하는 거예요?"

"그거 그렇게 하는 거 아닐 텐데."

"누가 그걸 그런 식으로 하라고 했어요?"

여기는 나같이 넋을 자주 놓고 굼뜬 사람이 일할
만한 곳은 아니었다. 아침에 일찍 출근한 날도 많았
지만, 스타킹을 쑤셔 넣어 배꼽까지 끌어올리고 유
니폼을 입고 무전기를 치마 뒤쪽에 끼고 일하기 위해
로비로 나가면 이미 내가 제일 늦었다. 이상했다. 서
둘러 매주 바뀌는 청소 구역의 청소를 끝내고 원장님
이 입을 옷을 다려서 한 층 위로 올려 주었다. 금방 아
침 시간이 지나갔다.

그러고 나면 수술을 시작하기 전에 응접실 맞은편
의 방에 가서 고객에게 성형수술 부작용에 대해 설명
해 주고 사인을 받는 일을 했다.

"아시겠지만 사람들은 모두 얼굴이 양쪽 짝짝이에
요. 눈 크기도 양쪽이 다르고 코 역시 한쪽 콧구멍이
다른 쪽보다 조금 더 커요. 그 차이가 덜하고 더하고
의 차이일 뿐, 모두 다 비대칭이에요. 그래서 수술실
에서 선생님께서 디자인하실 때 그 부분을 고려해서
수술이 들어가겠지만, 그래도 본인이 원래 가지고 있
는 비대칭이 있다는 점은 인지해 주시고요. 그리고

수술이 잘못되었을 경우 부작용에 따른 내용이 여기에 적혀 있어요. 이런 것은 정말 영점 영영일 퍼센트의 경우인데요, 이런 일이 일어날 때…….”

이리저리 그림을 그리며 열심히 설명하다 보면 높은 간호사가 종종 나를 복도로 불렀다.

“의사가 기다리고 있는데 뭐하는 거야. 빨리 사인 받고 마무리해!”

병원에는 2년 차, 3년 차, 10년 차 간호사들이 있었다. 짬밥이 오래된 간호사들은 밥을 먹고 난 뒤면 스타벅스 커피를 마셨다. 누군가 한 명이 커피를 사 와서 나눠 주면 어느새 다 마셔 치우고 다시 일을 하고 있었다. 일을 시작하면 다들 빨랐다. 나는 스타벅스 커피를 나눠 마시는 무리에 끼지도 못했지만, 밥을 늦게 먹었기 때문에 마실 시간도 없었다. 나는 매일 혼났다. 느려서 제시간에 일 처리를 못 해서 혼나기도 했고 엘리베이터에서 내릴 때 인사를 하지 않고 내렸다고 다음 날 혼나기도 했다. 그럴 때마다 고개를 숙이고 옆에 있는 과자를 쳐다보았다. 로비에 손님들이 순서를 기다릴 때 먹으라고 비치해 둔 그 과자는 인기가 없어서 거의 그 자리에 그대로 있었다. 그 공간에 적응하지 못한 것은 느린 나와 그 과자뿐이었다.

"필영 쌤~ 잠깐 이리 와 봐."

입사하고 두 달쯤 되었을 때 병원에서 제일 오래된 간호사가 나를 불렀다. 반사적으로 잘못한 일이 뭐가 있는지를 짚어 보며 대기실에 놓인 소파로 가서 그녀의 맞은편 자리에 앉았다.

"쌤은 코만 딱 고치면 예쁠 텐데. 병원에서 이번에 프로모션 할인하는 거 알아? 쌤은 코 수술하면 결혼도 잘할 텐데. 어때? 코 수술하고 나면 내가 남자도 소개해 줄까? 쌤보다 열 살 많긴 한데 결혼하면 공주 대접 받으면서 살 수 있을 거야."

내 코는 매부리코라서 코뼈가 중간에 튀어나와 있는데, 그렇다고 높지도 않아서 별로라는 말이었다. 그걸 망치 같은 거로 부수고 난 뒤 보형물을 넣어야 한다고 했다. 마침 특별히 할인도 많이 받을 수 있고, 수술하고 나면 결혼도 잘할 거라는 얘기가 제자리를 빙글빙글 돌았다.

"아, 저는 병원비가 없어서, 코 수술은 못 할 것 같아요."

하고 싶은 기분도 아니었지만 당장 200만 원이 넘는 돈이 없는 것도 사실이었다.

"걱정하지 마, 비용은 월급에서 10퍼센트씩 까게도 할 수 있어. 열 달 정도 갚으면 되겠네."

그 말을 듣고는 애매한 웃음을 지으며 자리에서 일어나 응접실에서 나왔다. 그 간호사의 다정한 목소리를 들은 건 그때가 처음이자 마지막이었다. 3개월이 되어 수습 딱지를 뗀 날로 일을 그만두었다. 그날 편의점에서 이력서 용지 한 묶음을 샀다. 10개월 할부로 코 수술을 했더라면 빨리 그만두지 못했을 거야. 집에 가는 길이 왠지 뿌듯했다.

그 웃음

스물아홉 살이 된 해의 4월, 3년간의 고시생 생활을
끝내고 다시 휴대폰 매장에서 일하게 되었다. 예전처
럼 저녁 일곱 시부터 고데기로 머리 모양을 내기 시
작했다. 손님이 오는지 유리창을 살펴 가며 뜨거운
김이 나오는 고데기를 잡고 정수리 볼륨을 살렸다.
그게 끝나면 여덟 시부터 눈화장을 했다. 한 올 한 올
정성스럽게 라이터로 이쑤시개를 달구어 속눈썹을
올렸다. 마지막으로 눈썹을 몇 번 지웠다가 그렸다
가를 반복하면 비로소 내가 되었다. 나가기 직전에는
옷을 점검했다. 보통 연한 청바지에 하얀 블라우스
차림이다. 튀지 않지만 틀리지 않는 차림새라 생각했
다. 거울을 보고 책상 모서리에 놓인 페브리즈를 몇
번 뿌렸다. 분사되어 나온 향이 옷에 달라붙었다. 가

방 대신 화장품을 넣는 작은 파우치를 챙기면 밖으로
나갈 준비가 끝난다.

　가게 일이 손에 익고부터 예전처럼 다시 소개팅으
로 저녁을 채웠다. 물잔이 소주잔처럼 보일 만큼 손
이 큰 남자도 있었고 키가 작고 얼굴이 자주 빨개지
는 우체국 직원도 있었다. 또래였지만 훨씬 어려 보
이는 회사원도 있었고 가족 모두가 부동산 중개업을
한다던 남자도 있었다. 그들은 모두 친절했지만 나
는 입의 연장선 같은 미소밖에 지을 수 없었다. 예쁘
게 음식을 먹으며 그들이 이야기하는 동안 머릿속으
로 가장 정답에 가까운 맞장구를 찾아서 대화를 이어
갔다.
　"그렇겠네요. 아, 그러고 보니까 그렇네요."
　이런 류의 무의미한 대답을 하며 그들의 눈을 쳐다
보며 나는 웃었다.
　친한 옷가게 언니가 번호를 준 그는 연락이 닿자마
자 사랑니를 빼야 한다며 약속을 한 주 미뤘다. 그래
서 그달의 가장 늦은 소개팅이 되었다. 가게 문을 닫
는 저녁 아홉 시, 약속 장소로 갔다. 10분 일찍 도착
해서 백화점 주변을 서성였다. 건물에 비친 내 차림
이 오늘따라 밋밋해 보여 입구와 가까운 매장에 들어
갔다. 갈색 스카프가 한눈에 들어왔다. 계산한 뒤 스

카프를 목에 매고 급하게 다시 백화점 입구로 갔다.

"안녕하세요. 저 혹시…….."
"아 네, 안녕하세요."
청록색 니트를 입은 남자가 웃으며 인사했다. 눈동자가 서글서글해 보였다.
"피자 먹으러 갈래요? 제가 저녁을 아직 안 먹어서."

나는 상대방이 좋은 사람이라 느낄 때만 의견을 말한다. 그는 이 시간까지 밥을 안 주는 사장이 있다는 사실에 놀라워했지만, 나는 처음 만난 상대방에게 얼마나 편하게 말할 수 있느냐가 중요했기에 이 상황에 만족하며 함께 피자를 파는 맥줏집을 찾아갔다. 음식이 나오고 나는 먹는 데 집중했다. 그사이 그는 정신없이 먹고 있는 나를 부담스럽게 쳐다보지 않았다. 어느 정도 배가 차서 고개를 들었을 때, 시계나 금팔찌 같은 것 없이 텅 비어 있는 그의 팔목이 보였다. 나는 남자를 처음 만나기 시작했을 때부터 텅 빈 팔목을 좋아했다. 왜 그랬는지 모르겠지만 아무튼 그게 좋았다. 얼굴과 어깨 쪽으로 시선을 올리니, 그는 그냥 아이처럼 즐거워 보였다. 그의 표정은 맥줏집이 아니라 어디 물 위에 둥둥 떠 있는 듯한 표정이었다. 그게 좀 다른 사람과 달랐다. 그것만 빼면 내게 취미를 물어보고 본인이 좋아하는 야구 이야기를 하고…
이런저런 것들을 질문하고 대답하는 보통의 소개팅
이었다. 내 맞장구에도 크게 흔들리지 않고, 내가 중
간에 휴대폰을 봐도 별로 신경 쓰지 않는, 그저 잔잔
하게 즐거워하는 그의 일관된 태도에 호감이 생기기
시작했다.

커피를 마시기로 했다. 가게를 나가며 구깃구깃
해진 트렌치코트에 팔을 넣었다. 옷이 펄럭일 때마
다 향수 대신 뿌린 페브리즈 향이 났다. 파우치를 챙
겨 그와 같이 거리로 나왔다. 커피숍까지 같이 걷는
게 좋았다. 그는 아이스 아메리카노를, 나는 따뜻한
아메리카노를 주문했다. 음료가 나오고 2층으로 올
라가는 길에 갑자기 마음이 바뀌어서 자리에 앉자마
자 그에게 시원한 음료가 먹고 싶다고 말했더니 그
가 웃으며 얼음을 나눠 주었다. 함께 미지근한 아메
리카노를 마셨다. 한 시간쯤 지나고 그가 일어날 때
는 향수 냄새가 풍겼고 나에게는 여전히 페브리즈
냄새가 났다. 그가 집까지 차를 태워준다고 했다. 차
에 타자마자 그는 나에게 껌을 건넸는데 그것마저
즐거워 보였다. 그쯤에서 나는 결론을 내렸다. 그는
그냥 즐겁고 밝은 사람이다. 그러면서도 남에게 간
섭하지 않는다. 자신이 즐겁기도 바쁜 것 같았다. 참

한결같은 즐거움이었다.

익숙한 휴대폰 가게로 다시 돌아와서 익숙한 말을 건네며 소개팅을 한다. 익숙한 질문과 대답을 한다. 어제도 입은 흰색 블라우스와 연한 색 청바지를 입고서. 조금씩 다른 남자를 만나지만 그것 역시 비슷하고 반복된다. 그런데 그 웃음……. 집에 돌아와 그의 웃음을 떠올렸다. 보통 사람들은 표정이 먼저 가거나, 혹은 뒤따라가는데 그는 표정과 말이 동시에 시작하고 끝까지 그 웃음이 함께한다. 혹시 연습하면 되는 걸까. 어떻게 살아오면 그런 것을 가질 수 있는 걸까. 문득 그런 게 궁금해졌다.

띠리리리리

이 계단을 내려가면

이상할 정도로 오래된 일처럼 느껴지는 날들이 있다. 새벽녘마다 책상 앞에 앉아 있다가 그 당시 만나던 남자에게 전화가 오면 외투와 휴대폰을 챙겨서 계단을 내려가던 날들이 그랬다. 그 계단을 빠르지도 느리지도 않게 내려가다 보면 머릿속에는 늘 같은 생각이 맴돌았다. '집에 있으니 나가는 게 여러모로 낫지. 딱히 중요한 일은 없으니까.'

집 앞에 그 남자의 차가 시동이 켜진 채 서 있었다. 5분쯤 가다 차를 갓길에 세운 그가 편의점에서 커피를 사서 내게 건넸다. 커피에 붙어 있던 빨대를 탁 하고 꽂는 소리가 나면, 내가 여기 이 차 안에 있다는 게 실감이 났다. 몽롱한 기분으로 눕다시피 조수석에 앉

아서 노래를 들었다. 그가 고른 노래들은 축축 처지
거나 우울하지 않았다. 그래서 좋았다. 그때 나는 한
없이 뒤처지는 느낌을 주는 모든 것을 싫어했다. 노
래든 사람이든 적당히 밝은 쪽이 좋았다. 그의 선곡
덕분에 즐거운 마음으로 바다를 보러 갔다. 가는 동
안 주로 내가 말을 하면 그가 들어 주었다. 잘 들어 준
다기보다 내가 어떤 말을 하든 받아 주는 느낌이었지
만 어느 쪽이든 상관없었다.

　바다 근처 국밥집에서 밥을 먹었다. 밥을 먹고 난
뒤 종종 바다 쪽으로 다시 걸어가 해가 뜨는 걸 보았
다. 빨간 해가 천천히 올라오는 동안 바다가 은색으
로 반짝거렸다. 그가 그걸 바라보는 동안 나는 그의
옆모습의 한 부분인 뺨을 자세히 쳐다보았다. 먹는
음식에 따라 여드름이 더 나기도, 덜 나기도 했었던
그 뺨을 쳐다보면서 그날의 여드름 개수를 세었다.
바다를 보는 것보다 좋았다. 비슷한 사람들끼리 모
이는 걸까. 그는 말과 행동이 비어 있었고, 우리는 그
저 눈에 보이는 것만을 보면서 시간을 어떻게든 넘기
려고 노력했다. 결혼을 얘기할 때도 있었지만 구체적
이지 않았고 특별히 어떤 행동을 취하지도 않았다.
만난 지 3년이 지났을 때는 정말 결혼할 수도 있지 않
을까 싶었지만, 그런 미래가 오지 않으리라는 사실을

서로 잘 알고 있었다.

오래 연애했던 그 남자와는 달리, 지금의 남편은 두 번째 만남에서 이미 내게 결혼에 관해 물었다.

"혹시, 배우자 연봉이 어느 정도 되어야 한다고 생각하세요? 제가 전에 만나던 여자분은 월 천은 벌어야 자기도 아이를 키우면서 일을 안 할 수 있다고 해서요."

"아, 그래요? 3백 정도면 다 되지 않을까요? 전 잘 모르겠지만 그 정도면 둘이서 먹고살고 할 수 있을 거 같은데."

"아, 3백도 괜찮으세요? 제가 그 정도 벌어서."

"아, 네. 많이 버시네요. 그 정도면 아마 평균보다 많이 버는 거일 거예요."

"그리고 저희 아버지께서는 회사에서 사고를 당하셔서 다리가 좀 불편하세요. 일은 안 하시지만, 연금으로 생활은 가능하세요. 그래서 결혼 후에 별도로 저희가 생활비를 드리거나 그러진 않아도 된다고 하셨어요."

그런 대화를 한 건 처음이었다. 그가 직접 결혼하자고 말하지는 않았지만, 대화는 결혼할 때 필요한 것 쪽으로 흘러갔다. 처음 듣는 질문들이라 대답할 때 버퍼링이 걸렸지만, 숨기고 바꾸고 고치고 할 것도 없었다. 그때 나는 이 사람과 내가 결혼을 할 수 있다고 생각하지 않았고, 숨긴다고 어떤 것이 숨겨지지 않는 줄도 잘 알고 있었다.

그를 두 번째 만나고 집으로 가는 길, 차에서 내리기 직전 그에게 말했다.

"근데 그 결혼, 아마 집에서 반대하실 거예요. 저는 모았던 돈은 경찰 시험 공부하면서 다 썼고 직업도 제대로 없어요. 아마 당장 결혼하면 우리 집에도 돈은 없을 거예요. 빚은 없는데 돈도 없어요. 어머님께 그대로 말씀드려 보세요."

나를 데려다준 그는 내가 딱 샤워를 끝내고 나자 전화를 했다.

"어머니가 사람만 괜찮으면 된다고. 결혼할 돈 정도는 우리한테 있으니까, 아무 상관 없으니 일단 여자 쪽 집에 먼저 인사를 가라고 하셨어요."

그때 나는 휴대폰을 들고 집 앞에서 통화하고 있었다. 그 전화를 받곤 웃었다. 가로등, 전봇대 그리고 밤공기 속에서 시간이 가파르게 떠내려가고 있었다. 그와 우리 집에 인사드리러 올 날짜를 정했다. 세 번째였는지 네 번째 만남이었는지 정확히 기억나지 않지만, 그는 정말로 우리 집에 인사를 드리러 왔다. 집 냉장고에 그렇게 과일이 많이 들어가 있는 모습을 살면서 처음 보았다. 그날 식탁에는 끊임없이 과일이 놓였다. 그는 웃으며 과일을 종류별로 다 먹어 치웠다. 인사를 드린 날 밤, 우리는 장미 축제를 보러 갔다. 그다음 날, 나 역시 그의 집에 인사드리러 갈 날짜를 정했다. 계속해서 어떤 날짜를 정하며 결혼을 향해 갔다.

상견례까지 마치고 난 다음 날 휴대폰 가게에서 일하고 있을 때, 그에게 전화가 왔다.

"그런데 혹시 집 구할 때 조건 같은 거 있어요?"

"아, 그런 건 제가 생각해 본 적이 없는데. 근데 저는 중심지랑 먼 넓은 신축보다는 중심지의 좁은 구축이 편할 거 같아요. 운전을 못 해서."

"그럼 혹시 전세도 괜찮아요?"

"네? 아, 네. 당연히 괜찮죠."

다음 날, 남편은 중심지에 30년 가까이 된 구축에 올수리 된 집을 구했다며 연락했다. 그다음 주에는 한복을 샀고, 그다음 주에는 반지를 사러 부산에 갔다. 그다음 주에는 혼인신고는 먼저 해 버리자는 양쪽 집안 어른들의 말에 따라 결혼식 전에 혼인신고부터 해 버렸다. 좋은 일이든 나쁜 일이든 시간은 한 방향으로만 흐른다. 흘러가는 동안에는 계속 한 방향으로 흐르는 게 시간 입장에서도 편한 걸까. 5월에 사귀기로 해서 6월에 혼인신고를 했고 8월부터 중심지의 오래된 아파트에서 같이 살다가 가을에 결혼식을 치렀다. 어느 날 밤, 남편에게 어쩌자고 처음부터 결혼에 대해 말했냐고 물으니 식탁 의자에 앉아 있던 남편이 간단히 대답했다.

"여보는 웃는 게 예뻤어요. 그때 마침 결혼도 하고 싶었고."

많은 것이 순식간에 바뀌어 버렸지만, 딱히 바뀔 것 없는 가벼운 결혼식이 진행됐다. 집 계단을 내려가는 마음으로 결혼식장에서 신부 입장을 했다. 당연히 울지도 않았다. 오래 사귄 사람과 결혼했더라면 더 행복했을까? 그 답은 모르겠다. 다만 나는 마치 어떤 결정이라는 게 어렸을 적 했던 슈퍼마리오 게임처럼, 동전을 따 먹을 수 있는 지하의 새로운 공간으로 가는 일처럼 느껴졌다. 그냥 그곳으로 가면 새로운 세계가 펼쳐진다. 그건 확실하다. 거기에 맞춰서 그때그때 할 수 있는 일을 하면 된다. 계단을 내려가면서 많은 것들을 저절로 알게 되었다. 이 연애가 어떻게 끝날지, 결혼할지 같은 것들. 결정을 내리고 나서야 비로소 알게 되는 일들도 있다. 그러니까 일단 계단을 내려가면, 발을 움직이면 그것들이 보인다.

떠나간 버스를
아쉬워하지 않게 된 날

첫 연애를 망친 뒤, 이해할 수 없는 일이 일어나도 시간은 계속 흘러간다는 것을 배웠다. 스무 살이 지나가고 스물한 살이 되었다. 그와 헤어지고 사흘 동안 한 끼만 먹은 채 침대에 누워 있었지만, 입술이 찢어진 것만 빼면 멀쩡하고 멍청하게 살아 있었다. 매달 셋째 주 주말에는 봉사 활동을 하러 갔고 수요일에는 학교에서 늦게까지 일본어 회화 수업을 했다. 지나치게 많은 약속을 만들어서 동기들이나 오빠들과 술을 마셨다. 모든 걸 지나치게 해야만 조금이나마 괜찮아지는 기분이 들었다. 채워지지 않을 공간을 채우기 위해 다양한 사람들을 만났다. 그들 중 누구도 헤어진 그가 될 수는 없었지만, 어쨌거나 나의 시간을 일정 기간 빛내 주었다. 함께 밥을 먹고 영화를 보고 차를 마시고 걷는 게 즐거웠다. 그냥 바라보는 것도 즐거웠다. 그들 모두를.

그들의 특징을 하나하나 찾으면서 바라보다 보면 다들 좋아 보였다. 나와 다르면 달라서 호감이 갔고, 같으면 같아서 호감이 갔다. 그 순간만큼은 지금 내가 처한 상황에서 벗어나는 듯했다. 그때 시간은 끝도 없이 있었기에 우리는 밤새 이야기할 수 있었다. 7월의 자기와 8월의 자기가 달랐던 해도 있었지만, 어차피 매일 길고 커다랗고 텅 빈 공간들이 생겨났으므로 상관없었다. 그때부터 나는 타지 못해 떠나가는 버스를 보고도 아쉬워하지 않았다. 내 입에서 '어차피'라는 단어가 꿈속에서처럼 계속 흘러나왔던 것도 그때부터였다. 어차피 다음 버스를 타더라도 별 상관없잖아.

그래서 그때부터 자주 약속에 늦었지만, 대신에 이런저런 시도를 할 수 있게 되었다. 함께 걷지 않겠냐고 혹은 떡볶이를 먹으러 가지는 않겠냐고, 버스에서 지금 내려서 술이라도 한잔하자고 말할 수 있게 되었다. 수많은 제안을 했고 거절도 당했지만, 내 제안을 받은 사람들은 대부분 고맙게도 시간을 함께 보내 주었다. 그렇게 나는, 그때그때의 우리는 지평선 너머로 끝없이 펼쳐진 빈 공간을 채워갔다. 내가 절대로

따라 할 수 없을 표정과 피부색을 가진 남자들은 또 서로의 얼굴과 냄새가 모두 달랐다. 낮에는 휴대폰 가게에서 일하고 밤에는 남자를 만나면서 모든 일은 어릴 때 봤던 동화처럼 인과응보로 진행되지 않는다는 사실을 알게 되었다. 내가 어떤 식으로 휴대폰을 판매해도 월말이면 청구서를 들고 씩씩거리며 찾아오는 아줌마들이 있었다. 설명을 다시 해주면 "아~" 하고 돌아가지만 결국 또 그다음 달이면 그 아줌마가 아닌 다른 누군가가 씩씩거리면서 가게 문을 열었다. 남자 역시 마찬가지였다. 내가 그들을 어떻게 대하건 그들이 나를 대하는 방식을 바꿀 수는 없었다.

내게 벌어진 그 모든 일을 멀리서 바라보는 심정으로 보고 있으면 어딘가 위로가 되었다. 나의 의지와 관계없이, 상황은 스스로 힘을 가지고 있었다. 아이러니하게도 나는 그것을 증명하기 위해, 그러니까 세상이 내 소망과는 다르게 움직인다는 사실을 증명하기 위해 열심히 연애하고 일했다. 직업이 계속해서 바뀌는 와중에도 꾸준히 미소를 지으며 면접을 보았다. 그래야만 나는 나 자신을 설득할 수 있었다. 상황이 스스로 힘을 가지고 있든 없든 어쨌든 나도 그래도 움직였다고.

그렇게 이십 대 초반을 보냈다. 친구 집에서 보름 정도를 살고 다시 본가에 들어오기를 반복하면서, 밤마다 어두운 공간으로 떠돌다 보니 이 생활의 끝이 어딘지 나도 궁금해졌다. 어디까지 더 내려갈 수 있을까. 매일 갔었던 술집의 사장님이 직원을 소개해 주기도 했고, 처음 갔던 클럽에 손님이 아무도 없어서 사장과 둘이서 술만 먹다가 나온 적도 있었다. 흘러가듯 살았더니 다양한 사람들을 만났다. 삶이 세상 끝 언저리에 있다고 생각했을 때도 나는 여기저기에 연결되어 있었다. 누군가는 술에 취해 칼을 들고 오기도 했고, 누군가는 소리를 질렀고, 누군가는 울었다. 가끔은 이렇게 다양한 인간들의 차이에 대해 고민하기도 했다. 왜 어떤 사람과는 사귀고, 어떤 사람과는 사귈 수 없는 걸까. 어떤 사람은 나를 욕하고 어떤 사람은 내게 좋은 말만을 하는 걸까. 결론을 내지 못한 채로 누군가를 관찰하다 보면 세상에 정말 중요한 건 없다는 생각만 들었다.

그러니까, 그때 내가 만났던 모두가 소중했다. 그리고 어쩌면 아무도 소중하지 않았다.

이런 시절은 언제 어떻게 끝났을까. 분양 사무실에서 처음 일을 배웠던 스물네 살 때 같기도 하고, 경찰 학원에서 계속 시험에서 떨어졌던 이십 대 중반 같기도 하고, 다시 휴대폰 가게에서 일하게 되었던 이십대 후반 같기도 하다.

잘 모르겠다. 많은 사람이 스쳐 지나갔다.

휴대폰 가게에서 일할 때 개통이 오래 걸리는 건 별로 상관없으니 같이 대게나 먹으러 가자고 했던 손님, 나를 발전시켜 주겠다면서 자기 폰에 꼭 내비게이션을 깔아 달라고 요청했던 손님, 귤을 주고 갔던 이름 모를 고시생, 긴 편지를 주고는 도망갔던 남자, 나에 대한 안 좋은 소문을 퍼뜨렸던 친한 사람……. 마음이 약한 사람들과 강한 사람들. 그 시절 나는 세상 모든 사람을 다 만나 본 것 같다.

방금 내 옆으로 진한 화장을 하고 짧은 치마를 입은 중년 여자가 지나갔다. 몹시 꼬불거리는 머리카락이 걸을 때마다 약간 출렁였다. 반짝이 가방과 진한 향수 냄새. 나는 그녀가 선택한 어떤 스타일도 좋아하지 않지만, 그녀는 그걸 좋아하는 것 같다. 어쩌면 그녀 역시 짧게 쳐올린 내 헤어스타일이나 딱 떨어지는 재킷에 매력을 느끼지 못하겠지.

나는 요즘 글을 쓴다. 하지만 글 같은 건 한 자도 쓰지 않는 사람도 많다. 당연히 세상 모두에게 글쓰기가 필요하진 않다. 글 같은 거, 사랑 같은 거, 연애 같은 거, 용서 같은 거, 이런 것이 모두에게 필요하지는 않겠지. 인생의 답은 하나가 아니고, 심지어 그 여러 개의 답조차 시시각각 값이 바뀌고 있다. 우리가 공유할 수 있는 건 결과가 아니라 태도다. 자신만의 자신을 믿는다는 것. 반짝이 가방을 든 여자와 나는 서로 가는 길이 다르지만, 사실 우리는 같은 방향으로 걸어가고 있다.

2장

오늘의 필영

흘러가고, 흘러오는

내 기억의 마지막은 대개 특정한 장소다. 대부분은 어떤 술집에서 마지막 잔을 마시고는 기억이 사라진 다. 그 사라진 기억들은 도대체 어디로 간 걸까. 언젠 가 사라진 모든 것에 대해 떠올려 보았다. 스물한 살 때 즐겨 입던 분홍색 스웨터가 사라졌고, 이십 대 중 반 이후로는 겨울에 스웨터를 입은 기억 자체가 별로 없다. 예전에는 겨울에는 무조건 스웨터였는데 갑자 기 어느 순간 외투 안에 두꺼운 옷을 입는 게 싫어졌 다. 스웨터가 사라진 것도 이상하지만 그걸 좋아했던 마음까지도 어느 날 갑자기 사라져 버렸다.

몇 년 전만 해도 즐겨 먹었던 냉동 주꾸미를 먹지 않은 지도 2년이 지났다. 주꾸미를 먹을 때마다 남편과 나는 밥까지 볶은 프라이팬을 긁어 가며 맛있다는 말을 몇 번이나 했는데 어느 날 네 팩을 주문한 게 마지막이 됐다. 달리기도 그랬다. 시작하고 너무 좋아서 주변에 달리기 예찬론을 펼치고 다녔었는데 동네 산책로조차 뛰지 않은 지 벌써 1년 반이 넘었다. 휴대폰 가게를 할 때 자주 갔던 매주 화요일이 휴무였던 닭발집에 화요일이 아닌데도 가지 않게 된 지 8년이나 되었다. 맛이 없다고 느꼈던 적은 단 한 번도 없었는데 어느 날 갑자기 그쪽으로 가는 발걸음을 멈추었다.

아마도 그 시간과 시간 사이에 다른 일을 접하고 정신없이 그것에 빠져드느라 뒷전이 된 게 이유겠지만, 한 가지 일이 끝나고라도 다시 시작하면 됐을 텐데 감쪽같이 사라져 버렸다. 도대체 그것들은 어디로 가 버린 걸까. 계속 생각하다 보니 어느 날 단순한 결론에 이르렀다. 아무래도 없어진 것은 필요한 누군가가 들고 간 것이다. 좋아했던 그 취향을 누군가가 들고서 가 버렸다. 작년 여름 커피숍에 갈 때 진한 색의 청바지를 교복처럼 입고 갔었는데, 어느 순간 그 바지는 사라지고 1년 내내 검정 슬랙스를 입고 집을 나선다. "여보는 바지가 다 검은색이네"라는 남편의 말을 듣고서야 그 청바지가 사라진 줄을 알았다. 옷을 잃어버렸다는 자책감 대신 '검정 바지에 질린 누군가는 요즘 청바지를 즐겨 입을 거야' 하곤 또 검정 바지를 입고 집을 나섰다. 2년 전 어느 순간부터는 글을 썼다. 그날 갑자기 어떤 글을 쓴 것도 이해가 가지 않지만, 그걸 2년 내내 하고 있는 것도 이상하다. 어떤 재능이나 보상이 제대로 주어진 적도 없는데도 이러고 있다니. 한때 좋아했던 것들은 갑자기 사라지고 생각지도 않은 일들이 다가왔다.

결혼 전까지 분명히 누군가를 만났고 그들과 연애했는데 드라마 속 한 장면을 봐도 내 연애의 어떤 부분은 기억나지 않는다. 예전에는 주인공의 말이나 표정에 따라 같이 울기 바빴는데, 지금은 세트장의 동선이나 주인공의 대사 분량 같은 걸 떠올린다. 바다가 나오는 장면을 보고는 달리는 차 안이었으면 좋겠다고 생각한다. 예전과는 완전히 다른 면에 관심을 두게 되었다. 새벽녘까지 산책하던 습관도, 필름이 끊길 때까지 술을 마시는 것도, 그리고 또 애인과 싸우고 화해하는 것도. 그런 점들은 이제 내게서 사라졌다. 시간이 지나면 아주 사소했던 장면까지도 전부 잊힐 것이다. 일기장을 아무리 들여다보아도 첫사랑과 그해 7월에만 냉면을 서른 그릇이나 먹던 그때와 똑같은 마음을 갖지는 못한다. 그 마음은 이미 어딘가로 사라졌다.

어떤 감정 혹은 사람은 때가 되면 오고 때가 되면 가 버린다. 그 '때'를 알 수 없는 나는 역시 중간자일 뿐이니 지금 할 수 있는 일을 한다. 한때 내 것이었던 것들을 잘 보내 주고, 지금 내게 온 것에 집중한다. 언제든 떠나갈 수 있음을 잊지 않는다. 지나치게 심각해지지 않고 모든 게 내 탓이라는 마음을 가지지 않는다. 중간자의 마음으로 오늘을 보낸다.

엄마의 눈이 말을 했다

엄마는 항상 걸음이 빨랐다. 굽이 높고 뭉툭한, 검은색 지우개처럼 생긴 구두를 신고 누가 뒤에서 쫓아오는 사람처럼 빠르게 걸었다. 엄마는 내가 아주 어렸을 때부터 나를 시장에 데리고 다녔는데, 양파, 생선, 감자 같은 걸 서둘러 산 뒤 시장 출구까지 가서야 가던 길을 멈추고 나를 내려다보았다. 뭔가 잊어버렸다는 듯 물었다. "뭐 먹고 싶은 거 있어? 떡볶이 먹을래?" 하지만 엄마의 눈동자는 다른 말을 했다. 먹고 싶은 거 아무것도 없다고 해. 지금 몹시 바빠. 괜찮다고 말해. 시간 없으니까.

아이들은 자기도 모르는 사이에 그런 것들을 알게 된다.

그때부터 나는 엄마와 같이 시장에 가서도 아무것도 사 달라고 하지 않는 아이가 되었다. 붕어빵이나 튀김, 꼬치 같은 걸 하염없이 쳐다보지도 않았다. 엄마가 이거 먹고 싶냐며 물어보면서도, 엄마의 눈동자는 '아니'라는 대답을 요구하는 게 보기 싫었다.

아마도 그때 엄마는 진짜 바빴을 것이다. 이발소를 운영하면서 두 아이를 키워야 했던 엄마의 육아를 도와줄 수 있는 사람은 아무도 없었다. 그래도, 그렇더라도, 엄마는 너무 자주 내게 눈으로 말했다. 세발자전거를 타다가 옷에 똥을 싼 채 이발소로 갔던 날처럼 큰 사고를 쳤을 때는 소리를 지르면서 화를 냈지만, 물이나 우유를 쏟는 등 비교적 소소한 실수를 했을 때는 눈으로 말했다. 제발 똑바로 해. 지금 이걸 치울 시간이 없어. 귀찮게 하지 마.

실제로 엄마는 방을 닦거나 무언가를 다듬을 때마다 습관처럼 이런 혼잣말을 했다. "그럴 여유가 어디 있니." 그 말은 옆에서 책을 읽거나 휴대폰을 보던 나에게 씨앗처럼 날아와 마음속에서 끊임없이 싹을 틔웠다. 언젠가부터 책을 좋아하게 된 나는 이렇게 생각했다. 책을 살 여유는 없어. 더 중요한 걸 먼저 사야 돼. 나는 책을 사 달라고 하는 대신, 마트에서 부모님이 장을 볼 동안 겨우 구색만 갖춰 놓은 서적 코너에 앉아 책을 읽었다. 정말 보고 싶은 책이 생기면

책 대여점에 갔다.

스물아홉 살 때 지인의 휴대폰 매장을 도와주다가 소개팅으로 만난 남편과 결혼했다. 지금 남편은 내가 하고 싶은 걸 해도 된다며 늘 상황을 분명히 정리해 준다. "여보 하고 싶은 거 있으면 해요. 돈은 제가 벌잖아요. 하고 싶은 거 해요." 그 응원 덕분에 둘째를 낳고 나서 글을 쓰기 시작했다. 아이 둘을 키우느라 글쓰는 게 자주 뒷전으로 밀려나곤 하지만, 그래도 아이들이 집에 없거나 잘 때는 집안일을 미루고 글을 쓴다. 친정 엄마는 지금도 집에 왔다가 내가 글을 쓰는 걸 볼 때마다 말한다.

"청소해라 청소해! 연년생 키우면서 글 쓸 여유가 어디 있니."

예전이었다면 그런 말이 씨앗처럼 마음 깊은 곳에 박혀 이상한 꽃을 피웠겠지만, 이제 나는 새로운 땅에 와서 새로운 사람들과 함께 새로운 씨앗을 뿌리는 법을 안다.

어제는 오랜만에 브런치(brunch)에 쓴 글이 포털 사이트의 메인 화면에 소개돼서 남편에게 자랑했다. 벌써 몇 번째인 줄 아냐며, 이러다 정말 공모전에도 당선되는 거 아니냐며, 우리는 계속 웃었다. 그러다 오후가 되어서는 보라는 애는 안 보고 몇 시간째 드라마만 보는 남편을 보니 화가 났다. "아니 지금 언제까지 드라마를 볼 거예요. 그만 보고 애들 잠들면 더 보세요." 그래 놓고는 또 언제 그랬냐는 듯 웃으면서 그 드라마 얘기를 하며 함께 저녁을 먹었다.

새로운 땅으로 온 나는 감정을 숨기지 않는다. 이제 나는 눈물을 흘릴 줄 안다. 햇살을 보고 만지면서 가만히 느낄 수 있다. 행복을 느끼면 알아서 활짝 피어오르는 웃음도 가지게 되었다. 아이의 머리를 감길 때는 동요를 불러 줄 수 있을 만큼 마음이 커졌고, 머리를 말려 줄 때는 장난을 치고 싶다는 마음도 생겨났다. 새로 피운 꽃들이 퍼뜨린 새 씨앗은 더 많은 꽃을 불러 왔다.

비닐봉지 하나만 있어도 얌전히 잘 놀던 첫째는 네 살이 되면서 변했다. 떼와 투정이 늘더니 가끔은 소리를 지르기도 한다. "아빠 저리 가! 엄마랑만 있을래!" 하고 정확하게 의사를 표현하는 경우가 늘었다. 나는 그런 딸을 보면서 가끔 대리 만족을 느낀다. 더 화를 내고 더 울어야 한다. 더 울고 더 웃어야 한다. 아이는 아이답게 커야 어른다운 어른이 될 수 있다.

서로를 꼭 끌어안아 줄 때면 첫째는 자주 내 눈동자

를 바라본다. 혹시 내 눈과 대화를 하는 걸까. 아니면
내 눈에 비친 자신의 얼굴을 보는 걸까. 가끔 우리는
아무 말도 하지 않고 몸을 붙인 채 서로를 바라본다.
지우개 구두를 신은 엄마의 뒤를 따라 시장을 말없이
걸어 다니던 아이에게, 아직 그 시장 한구석에 혼자
서 있던 내 안의 나에게, 딸의 눈과 입이 말한다.

"엄마, 엄마가 지~인짜 보고 싶었어. 엄마가 최
고야."

우리는 몸과 마음에 넣고 틔울 씨앗을 주고받는다.
아이가 한 말은 내 안의 어린 나에게 도착한다. 나는
이제 다른 땅에서 새로 태어나 산다.

결혼한 여자의 얼굴에도
빛이 있다

"결혼한 여자의 얼굴에는 빛이 없거든."

- 공지영『즐거운 나의 집』중에서

이 글귀를 보며 사라진 빛을 떠올렸다. 비유나 상징
이 아니라 진짜 빛, 기억 속에 있는 빛이었다. 예전에
는 밤마다 화려한 곳을 찾아갔다. 술집이든 커피숍이
든 조명이 화려한 곳이어야 했다. 그런 곳에 있는 거
울을 볼 때면 묘하게 얼굴이 달라 보였기 때문이다.
씽긋 웃는 웃음조차 비틀려 보이는 거울이 있는가 하
면, 생얼마저 예쁘게 비춰 주는 거울도 있었다. 그런
곳에서 다양한 사람들과 어울렸다. 굳이 많은 말을
하지 않고서도 눈빛이나 입가의 주름으로 얘기할 수
있었다. 헤어지고 집에 갈 때면 가로등과 간판 들의

불빛에 의지해 걸었다. 도착해서는 뭔가 할 새도 없이 잠들었다. 집에서는 가급적 불을 켜지 않았다. 그러고 싶지 않았다.

지금은 저녁 여섯 시쯤 형광등을 켠다. 애들이 잠들고 나면 글을 쓴다. 예전의 기억을 더듬어 가면서 정확하게 쓰려고 노력한다. 누군가 나에게 귤을 줬는데, 그 귤의 미지근함에 대해 최대한 정직하게 쓰고 싶다.

요즘은 아침에 국과 밥을 먹는다. 가끔은 사과와 시리얼을 먹거나 식빵에 잼을 발라서 먹는다. 점심도 같은 걸 먹고 저녁에는 보통 돼지고기를 먹는다. 돼지고기는 어떻게 먹어도 맛있어서 자주 먹는다. 대부분의 하루는 집에서 시작해 집에서 끝난다. 누군가에게 관심을 받아야겠다는 욕망이 점점 줄어들었고, 그게 아마 '빛을 잃는' 것이겠지만, 이상하게도 그러고 나니 나 자신이 보였다. 욕망에 의지하지 않는, 그대로의 나. 인테리어가 잘된 가게에서 어깨가 드러나는 원피스를 입고 싱싱한 육회를 한 점씩 먹는 것도 즐거웠지만, 그럴 때조차 내 속은 오직 맞은편에 앉아 있는 사람에게 잘 보이고 싶은 마음으로 가득 차 있을 뿐이었다.

애들을 재우고 형광등 아래에 있는 의자에 앉았다. 긴 티만 입고 있자니 쌀쌀해서 헐렁한 목티를 겹쳐 입었다. 꼴이 웃기다 싶다가도 이게 지금의 나 같다는 생각이 든다. 아마도 결혼하기 전의 반짝반짝했던 피부를 다시는 가질 수 없을 것이다. LED 마스크를 사서 쓰면 예전으로 돌아갈 수 있을까. 광채를 내며 화장품을 광고하는 배우 강소라의 얼굴이 될 수 있을까. 피부는 잿빛이고 기미가 너무 늘었다. 푹푹 꺼진 곳이 한두 군데가 아니다. 방에서 거울을 볼 때는 조명발을 받을 수 없다. 그렇게 나는 이제 나를 본다. 나는 늘 영화를 보는 것보다 글쓰기를 더 좋아했다. 그런데 10년 동안 주말마다 왜 그렇게 애인과 영화를 보러 갔을까. 지금은 기억나지 않는 영화가 대부분이다. 영화도 그때의 나도 흐릿하다. 영화관 조명이 꺼지며 그 시절 기억이 함께 꺼진 것처럼.

음식물 쓰레기를 버릴 때 마주쳤던 동네의 다른 아줌마들을 보면 대부분 표정이 굳어 있었다. 하지만 그들도 아이들이 잠들고 나면 야금야금 자신만의 빛을 찾는 시간을 보내지 않을까. 모두 잠든 밤, 형광등 아래에서 아기 옷을 만들고 글을 쓰고 꽃꽂이를 하는 모든 이를 응원한다. 빛이 사라진 곳에서 우리는 스스로 빛이 된다. 그럴 예정이다.

엄마는 엘사 공주잖아

첫째가 또 물을 쏟았다. "물 마시고 싶어요"라고 말하
더니 갖다 준 물을 일부러 바닥에 부었다. 사이좋은
자매는 바닥에 떨어진 물을 손바닥으로 찰박찰박 치
면서 까르르 웃었다. '대체 뭐가 재미있니 얘들아'라
고 생각하며 바닥의 물을 닦고 물이 튀어 젖은 내복
상의를 갈아입혔다. 하는 김에 둘째 기저귀를 채우고
첫째 팬티도 갈아입혔다. 겨우 한숨 돌리나 싶었는데
10분도 안 되어서 거짓말처럼 똑같은 상황이 벌어졌
다. 젖은 내복을 벗기다가 속에서 뭔가가 올라왔다.

"아나 말 좀 들으라고. 물 쏟지 마. 일부러는 더더
욱 하지 마! 이게 뭐 하는 짓이야. 엄마가 이렇게 하
라 그랬어, 하지 말라고 그랬어?"

첫째는 내 말이 끝나자마자 웃으면서 또 물을 부으

려고 했다. 나는 그 손목을 세게 잡았다.

"하지 마. 하지 말라고."

사소한 사고가 이상하리만치 반복된다. 왜 내 말을 듣지 않을까. 그 순간에도 첫째는 내 짜증에 아랑곳하지 않고 설거지통으로 가 칼을 꺼냈다. "엄마, 이건 칼인가?"

"한다인. 그만해. 칼 내려놔." 나는 거칠게 칼을 빼앗았다. "부엌에서 놀지 마세요. 위험하니까 여기 오지 마!"

부엌에서 못 놀게 하자 첫째는 내 방으로 쏙 들어가 버렸다. 얼마 지나지 않아 다시 나에게 다가와 손을 내밀었다. "엄마, 여기 부딪혀도 피 안 나. 다인이 손바닥 말짱해."

무슨 말인가 싶어 방에 가 봤더니 책상 모서리에 붙어 있는 모서리 보호대를 또 전부 뜯어 놨다. 첫째는 이걸 떼고 부딪히면 피가 난다고 내가 말했던 걸 기억하고 있었다. 그래서 이걸 뜯은 다음에 굳이 나한테 와서 피가 안 난다고 둘러댄 것이다. 나는 떨어져 있는 보호대를 주워 다시 붙이며 말했다. "아니야. 이건 붙여 놔야 해. 세게 부딪히면 피 나. 너희 다치지 말라고 해 놓은 거잖아."

그러자 첫째는 다시 붙인 보호대를 힐긋 보더니 더

는 거기에 미련이 없는 듯 거실로 나갔다. 그리고 거기서 장난감 말을 타던 둘째에게 후다닥 다가가 동생을 손으로 밀어 넘어뜨렸다. 갑자기 말에서 떨어진 둘째가 서럽게 울었다.

"하지 마! 제발 하지 마! 아기 좀 밀지 마. 떨어뜨리지 마. 같이 안 놀아도 되니까 때리지 마!"

둘째는 내 고함에 더 크게 울었고 첫째는 말은 원래 자기 것이라며 울어 댔다. 그 순간 나는 화를 내지 못했다. 나는 겁을 먹고 있었다.

'아, 이건 내가 할 수 있는 일이 아닌 것 같은데…….'

얼마 전까지만 해도 아이 둘을 집에서 키우는 것도 괜찮게 느껴졌는데, 지금은 육아란 내가 해낼 수 있는 일이 아니라는 생각이 든다. 밤 열 시가 되었다. 집이 더러운 건 나중 문제였다. 지금은 그냥 이 모든 상황을 빨리 끝내고 싶다는 마음뿐이다.

"이제 자러 들어가세요."

다다다 뛰면서 안방으로 가는 두 아이의 엉덩이에 대고 또 소리쳤다.

"제발 뛰지 마. 밑에 집에서 시끄럽다고 올라와! 뛰지 마! 뛰지 마!"

애들 발소리와 내 고함 소리 중 어떤 게 더 시끄러울까.

아이 둘은 내 팔을 한쪽씩 차지하고 누웠다. 첫째

가 원하는 옛날이야기를 열 번 정도 해 주고 나니 내
마음도 좀 고요해졌다.

"아까 엄마가 소리 질러서 미안해. 다인이가 엄마
말을 안 들어서, 자꾸 물을 쏟고 동생 때려서 엄마가
속상했어. 엄마 화내니까 무서웠어?"

첫째가 한쪽 눈을 찡긋거리며 말했다.

"아니야. 엄마는 화 안 내. 엄마는 천사잖아. 엄마
는 엘사 공주잖아."

"천사든 엘사 공주든 잘못한 건 사과하는 거야. 엄
마가 아까 미안했어." 피곤한 둘째는 먼저 잠들고, 첫
째는 한참이나 나에게 뽀로로 이야기를 들려주다가
잠들었다.

아이들이 잠든 뒤, 천장을 보았다. 오늘의 일들이
되감듯 지나갔다. 별것도 아닌 일에 너무 소리를 질렀
다. 팔을 빼내려고 고개를 돌려 왼쪽을 보니 눈썹이
진하고 볼이 빵빵한 첫째가 있다. 오른쪽을 보니 턱이
갸름하고 입이 작은 둘째가 있다. 쉽사리 팔을 빼지
못하고 잠든 얼굴을 번갈아 계속 보았다. 그렇게 혼내
도 아이들은 항상 내게 와 내 팔 위에서 잠든다.

그제야 생각한다.

나는 아이들을 양팔에 끼고 잘 수 있는 사람이라고.

아무도 모르는 산책

첫째를 어린이집에 보내고 나면 아홉 시 반이다. 언제부턴가 돌이 되지 않은 둘째를 데리고 산책을 시작했다. 둘째는 이상하게도 유모차만 타면 울어서 늘아기 띠로 안고 다녀야 했다. 덕분에 둘째와 밖에 다녀온 뒤에는 허리가 항상 아팠다. 그래도 어떻게든 나가고 싶었으니까, 매일 아기 띠의 찍찍이를 붙이고 집을 나섰다. 집 근처 5분 거리에 공원이 있다. 깨끗하지는 않지만, 물고기가 사는 작은 하천이 있고, 그 옆에는 벚나무가 있다. 걷다 보니 벚꽃이 조금씩 흩날렸다. 야구 모자를 푹 눌러쓰고 나무들을 보고 있으면 금세 기분이 좋아진다. 혹시 햇볕에 탈까 봐 둘째의 다리는 속싸개로 감싸서 내 허리에 묶었다.

"세아야. 오늘 날씨 좋지. 있다가 맛있는 맘마 줄게~"

"날씨가 좀 덥네?"

"햇빛이 너무 강하다. 그치."

대답을 들을 수 없는 대화를 하면서 다시 집으로 향했다. 마트에 들러서 이유식 재료와 우유를 샀다. 모자 안이 땀범벅이 됐을 때쯤 베이지색 점프수트를 입은 여자가 스쳐 지나갔다. 옷 위로 몸매가 잘 드러나 보였다. 젊네. 예쁘다. 갑자기 아직 출산한 지 1년이 되지 않아 마음대로 벌어진 가슴과 골반이 부끄러웠다. 안 그래도 느린 걸음이 더 느려졌다.

그래도 아기 낳기 전까지는 괜찮았던 것 같은데.

결혼 전 공무원 시험을 준비할 때, 내 사물함에는 음료수나 초콜릿이 왕왕 들어 있었다. 공부하다가 저녁을 먹으러 번화가라도 나가면 트레이닝복 차림인데도 내 전화번호를 물어보는 남자들이 있었다. 그런데 지금은 아무도 나를 쳐다보지 않았다. 자기들끼리 웃으며 지나가는 여자 고등학생 세 명, 자전거를 끌고 이어폰으로 뭔가 들으며 지나가는 젊은 남자, 두부를 담은 봉지로 얼굴을 가린 채 빠르게 지나가는 아주머니. 그들을 뚫어지게 쳐다봤지만, 다들 나를 통과하듯 지나갔다. 아무와도 눈을 마주치지 못한 채 휴대폰 화면을 보았다. 아무 연락도 없었다. 집에 올라가기 전 아파트 계단에 서서 남편에게 전화했다.

"잠시 산책 나왔는데 밖에 벌써 벚꽃이 피었네요."

남편은 그랬냐며, 나중에 또 같이 보러 가자고 상냥하게 대답해 주었다. 전화를 끊고 나니 그런 생각이 들었다. 전화하지 않았더라면 아무도 모를 산책이었네.

커튼이 없는 거실에는 햇살이 그대로 들어와 쌓여 있었다. 그새 잠든 아이를 안방에 눕히고 거실로 나와 에어컨을 틀고 소파에 누웠다. 언제부터 이렇게 더워진 걸까.

그런데 오늘이 무슨 요일이지.

아무도 모르는 일들이 점점 쌓여 간다.

엄마 노릇 잘 못 하는 엄마

듣고 나서 울어야 할지 웃어야 할지 모르겠는 말이 있다. 첫째가 네 살 때 어머님이 애를 데리고 갔다가 이틀 뒤 다시 집으로 오셔서 한 말씀이 그랬다.

"애가 너희 집에만 있으면 표정이 안 좋네. 우리 집에서는 안 그러는데. 우리 집에서는 되게 밝고 신나해. 엄마 아빠 하나도 안 찾아. 너희 집에 있으면 우울한가 봐."

나는 아무 대답도 못 한 채 먹고 있던 반찬의 뚜껑을 닫고 냉장고에 넣었다. 어머님 말씀대로 거기서는 울지 않던 첫째가 집에서는 많이 운다. 동생과 싸워서 울기도 하고 장난감을 뺏긴 게 억울해서 울기도

149

한다. 자기 몸 위에 무작정 드러누운 동생 때문에 아파서 울기도 한다. 그렇게 맨날 울면서도 금방 다시 웃으면서 알콩달콩 논다. "세아야 이리 와 봐. 이거 빨아 먹어." 하면서 동생에게 우유를 먹이기도 하고 동생은 '온니 엉이 언이' 하면서 모자란 발음으로 열심히 언니를 부르면서 쫓아다닌다.

유독 아침에 힘이 없는 엄마 때문에 두 아이의 아침 식사는 자주 늦어진다. 우유나 고구마를 조금 먼저 먹이고 나서 밥은 열 시에 먹기도 하고, 아침 겸 점심으로 정오에 먹기도 한다. 저녁 역시 깜깜해진 지 한참 지나고 나서, 다른 집에서 야식을 준비할 시간에 먹기도 한다. 그사이 아이들은 마음대로 논다. 낙서하라고 사인펜을 주면 식탁이나 자기 바지에 그림을 그리기도 하고, 내 가방과 남편의 넥타이로 출근놀이를 하기도 한다. 벽에 그려 놓은 낙서를 지우고 있으면 그사이 둘이서 화장실로 쪼르르 달려가 변기에 이것저것을 넣고 키득거린다. 애들은 어떤 물건이든 놀잇감으로 만드는 재주가 있다. 끊임없이 뭔가를 만들어 낸다.

어머님이 가시고 난 뒤 안방에서 첫째의 목소리가 들렸다. "이거 내 거야. 이거 내 거라고!" 방에 가 보니 첫째가 둘째의 병원놀이 장난감을 뺏으면서 둘 다 울음을 터뜨리고 있었다. 방금 전까지는 분명 서로 한 번씩 주고받으며 잘 가지고 놀고 있었는데. 한참 실랑이를 벌이다가 첫째에게는 청진기를, 둘째에게 주사기를 주는 것으로 합의를 보았다. 싸움이 끝난 아이들은 서로 끌어안으며 뽀뽀했다. 이 자매의 화해 장면은 약간 특이한 드라마를 보는 듯하다. 전개는 없고 시작과 끝만 있는 이야기를 본 기분이다. 물론 끝난 줄 알았던 이야기가 끝나지 않는 경우도 많다. 내가 똥을 싸러 화장실에 간 짧은 틈에 주사기를 뺏긴 둘째가 빈손으로 울면서 내게 왔다. 울면서 말하느라 목이 쉰 둘째를 꼭 안아서 달래 주었다.

울고불고 난리였던 아이들이 잠들자 집이 조용해졌다. 설거지를 마친 뒤 시계를 보니 정오였다. 정오 즈음엔 둘째의 기저귀를 갈아 주곤 한다. 안방에 들어가서 쪼그리고 앉아 있자니 방귀가 나왔다. 대수롭지 않게 새 기저귀를 아이의 한쪽 다리에 끼우는 순간 둘째도 방귀를 뀌었다. 둘째가 뀐 방귀와 내가 뀐 방귀는 분간이 안 갈 정도로 냄새가 같았다. 이상하게 계속 맡고 싶은 냄새였다. 어제저녁에 같은 고기 볶음을 먹고, 다음 날 같은 냄새가 나는 방귀를 뀐다. 아마도 애네는 계속해서 내 딸로 자랄 거라는 생각이 들었다. 이렇게 한데 어울려 울고 웃고 같은 냄새가 나는 방귀를 뀌고. 혼자 웃음이 났다.

어쨌든 내가 이 아이들의 엄마다. 울어야 할지 웃어야 할지 모르겠는 말을 들으면서, 몇몇 사람에게서 나무늘보로 불리는 나는 딱 그런 속도로 아이와 함께 자라고 있다. 엄마 노릇을 잘하는 축에는 속하지 못할지도 모른다. 하지만 나는 내 노릇을 하는 중이다. 청소를 잘하고 뭐든 금방금방 해내는 다람쥐 같은 엄마들도 주위에 있지만, 그들은 원래 빠를 것이다. 나무늘보가 원래 느린 것처럼.

우선 나를 나부터 받아들이기로 했다.

"저 집은 애들 옷 전부 얻어 입히잖아요."

"저 집은 옷 사서 안 입혀요. 전부 얻어 입히잖아요."

조금 친한 동네 엄마 중 한 명이 별로 친분이 없는 다른 엄마에게 말하는 소리였다. 어린이집을 오고 가며 만났던 그 엄마가 가끔 신발이며 무스탕이며 애들 물건을 어디서 사냐고 물어보길래 그때마다 내가 얻어 입힌 거라고 대답했던 게 기억났다. 저 집은 애들 옷을 전부 얻어서 입힌다는, 확신에 찬 목소리가 한 번 더 들렸다. 그 엄마 말대로다. 나는 애들 옷을 얻어 입힌다. 친척들이 물려준 옷을 막 입힌다. 어머님이 사 주신 옷도 많다. 내가 산 옷만 따지면 내복까지 포함해도 손가락 열 개를 다 못 채운다. 얻어 입은 옷 중에서 해진 옷은 없다. 해질 때까지 입히는 엄마들도 거의 없고 애들도 빨리 크기 때문에 그러기도 쉽지 않다. 그래서 물려받은 옷이라도 모두 깨끗하다. 대신 유행에 뒤처지긴 했다. 요즘 아이들은 북유럽풍의 깔끔한 디자인을 루즈 핏으로 입는 게 대세지만, 우리 애들이 받은 옷은 죄다 빨간색 초록색 노란색이고 프릴이 엄청나게 달려 있다. 그래도 지나가는 할머니 할아버지들은 북유럽풍 옷을 입은 아이보다 알록달록 원색 옷을 입은 우리 아이를 보고 제일 예쁘다고 하신다. 얼마 전에는 요즘 유행하는 양털 아우터를 어머님께서 사 주셨다. 그런데 루즈 핏의 옷이 아이에게 불편해 보였는지 그다음 주에 보니 팔 부분이 짧게 꿰매져 있었다. 그리고 친정 엄마는 화려한 앵두인지 딸기인지가 가득히 담긴 모자를 시장에서 사 와서 아이들에게 씌우는 걸 좋아한다. 내가 아무리 이상하다고 외쳐도 너무 예쁘다고 대꾸하면서 말이다.

처음 아이 옷을 사던 때가 기억난다. 선물로 받은 여러 벌의 옷들은 모두 신생아용이어서 9개월쯤 되어서부터는 하나씩 사야 했다. 집 근처에 있는 아기 옷 매장으로 가서 원피스와 레깅스를 두 벌씩 집어 들었더니 10만 원이 넘었다. 그때부터 아이 옷 사는 걸 망설였다. 대신 물려받은 옷들을 부지런히 입혔다. 사실 아이들은 뭘 입어도 예쁘다. 내복만 입어도 예쁘다. 그 반짝이는 눈동자를 쳐다볼 때면 아이의 예쁨은 오직 눈에서만 온다는 생각이 든다. 인스타그램에서 '어린이집 등원 룩'이라며 올라온 사진들을 보면 뭐 저렇게까지 하나 싶었다. 머리칼이 유난히 얇은 우리 둘째는 묶기도 애매해서 종종 산발로 내복을 입은 채 외출했다. 일전에 내게 아이 옷을 물어보았던 그 엄마가 그런 둘째를 흘끗 보더니 내게 말했다. "생긴 것과는 다르시게 아이를 굉장히 수더분하게 키우시네요."

어떤 대답을 해야 할지 몰라 가만히 서 있었다. 그 말은 오래 남아서 집에 돌아온 뒤에도 계속 떠올랐다. 혹시 너무 내 방식대로만 아이를 키우고 있는 건 아닐까.

큰맘 먹고 아이들에게 새 옷을 사 주었다. 요즘 유행하는 옷을 입히니 아이가 훨씬 예뻐 보였다. 적당히 헐렁한 옷을 입은 아이를 본 어린이집 선생님들도 활짝 웃으며 반겨 주었다.
"오늘 다인이 정말 예쁘다! 새 옷 입었네?"

아이들은 물려받은 옷을 입혀 놔도 예쁘다. 그런데 새 옷을 입혀 놓으니 더 예뻤다. 나는 그 모습을 보며 다시 생각하게 되었다. 어쩌면 아이가 가장 예쁠 때를 더 예쁘게 꾸며 주는 것도 엄마의 소신을 지키는 것만큼 소중한 일일지도 모른다. 정답은 없을 것이다. 혹은 둘 다 정답이거나.

오늘은 산발로 있어도 예쁜 둘째의 얇디얇은 머리칼을 땋아 봐야겠다.

"이 어린 걸
어린이집에 보낸다고?"

결혼하고 3년 사이 두 번 배를 째서 아기 둘을 낳았
다. 똑같은 간호사와 의사에게 인사하고 초음파를
보는 일을 20개월 정도 반복했다. 둘째를 임신했을
때 8개월이었던 첫째는 둘째를 낳을 때는 17개월 아
이가 되어 병실을 뛰어다녔다. 나는 출산한 다음 날
소변줄을 뺀 후부터 조금씩 걸었다. 첫째를 낳고 처
음 걸었을 땐 내장이 바깥으로 쏠려 나올 것 같은 느
낌이었는데, 둘째 때는 다행히 처음부터 걸을 만했
다. 이동식 링거대를 조심스레 끌고 신생아실로 갔
다. 가족과 친척들은 유리창 너머 보이는 둘째를 보
며 첫째보다 인물이 낫다고 했지만, 그런 말들은 와
닿지 않았다. 내 머릿속은 온통 이 생각으로 꽉 차 있
었다.

'쟤는 또 언제 첫째만큼 키우나.'

첫째 때는 신생아와 함께 보내는 시간이 어떤 건지 몰라서 버틸 수 있었다. 그런데 둘째 때는 고생길이 눈앞에 훤히 그려져서 마음이 미리 지쳤다. 혹시나 토했다가 작은 콧구멍이 막히지는 않을지, 속싸개를 발로 차다가 풀리면 이게 얼굴을 덮치지는 않을지, 온갖 걱정이 드는 탓에 아기가 잠들어도 나는 쉽게 잠들지 못했다. 몽롱한 정신으로 분유를 타서 먹이다 보면 아기는 실제보다 더 무겁게 느껴졌다. 그 시간은 끝이 없었다.

애가 둘이 되고 나서부터는 남편이 차린 아침을 먹었고, 자주 엄마가 해서 갖다 준 반찬을 먹었다. 밖에 신고 나갈 양말이 없는 걸 알아채고서야 세탁기를 돌렸고, 세탁조에 꽉꽉 채운 빨래는 건조기에 놔뒀다가 다음 빨래를 돌릴 때가 되어서야 서둘러 꺼내어 갰다. 그렇게 한 박자 늦게 집 안에서의 일들을 처리하다가 밤이 되면 베란다 문을 열어 바깥 냄새를 맡았다. 냄새는 날마다 달랐고 내 하루는 반복되고 있었다. 그러다 어느 날부터 바깥으로 나갔다. 마트와 공원이 아닌 곳으로 향했다. 아기 띠를 하고 글쓰기 모임과 강사 되기 수업에 참여했다. 다행히 강사 되기 수업은 강의를 잘하기 위한 수업이라기보다는 어떤 걸 강의할지 찾는 내용이 많아서 당장에 수업 계획이나 수업이 없는 나도 들을 수 있었다. 뭐가 되었든 집 밖으로 나가 뭔가를 하는 게 재밌었다. 뭔가를 배우면 더 많은 걸 하고 싶어졌다. 대신에 그렇게 온종일 아기 띠에 둘째를 안고 다닌 날에는 집에 와서 아무것도 하지 못했다.

그런 날들이 쌓여 갔다.

주말을 앞둔 날, 퇴근한 남편이 둘째와 같이 거실 매트에 널브러진 나를 보더니 둘째도 세 살이 되면 회사 어린이집에 보내자고 말했다. 내가 너무 힘들어 보인다는 거였다. 다음 날 근처에 사는 친정 엄마에게 말했다.

"세아는 내년 3월에 어린이집 보내기로 남편이랑 어제 얘기했어."

"이 어린 걸 어린이집에 보낸다고?"

"엄마. 나도 힘들어. 그럼 엄마가 키워."

"왜 내가 키우니. 네 자식인데 네가 키워야지. 그리고 네 앤데 뭐가 힘드니?"

그 말을 듣자 얼마 전 영화 〈82년생 김지영〉을 보

고 난 뒤 극장 엘리베이터에서 옆 사람이 얘기하던 것이 떠올랐다. "도대체 뭐가 힘들다는 건지 모르겠더라. 공유가 퇴근하고 양복도 못 벗고 애 목욕부터 해 주던데. 게다가 애도 한 명이고 순하고……. 똥 싼 거 말고 걔가 엄마 힘들게 한 게 뭐가 있어?"

너무나 당당한 그 물음에 순간 머리가 멍해졌다. 남 일을 말할 때는 이렇게 다들 어른이 되는 걸까. 자기는 그렇게 쉽게 척척 해낼 수 있다는 듯이. 해 본 적도 없으면서. 내가 얼마나 힘든지는 나만 안다. 친정 엄마라도 내 마음 끝까진 알 수가 없다.

내년 3월부터 어린이집에 보내기로 한 뒤부터 아이가 원래 크기로 느껴졌다. 그제야 아이의 웃음이 보이고 작은 이가 보이고 혓바닥이 보였다. 이 아이가 이렇게 작았구나. 그간 지쳐서 아무것도 보지 못했다. 스스로 한계를 받아들이고 난 뒤부터 이 작은 순간들을 그때그때 붙드는 일이 중요해졌다. 처음 아이가 소파를 잡고 다리에 힘을 주고 일어나 뒤돌아보던 그때, 바닥에서 한 발씩 발을 떼고 스스로 놀라던 표정……. 그렇게 작았던 둘째는 어느새 나를 꼭 안아 줄 만큼 커져 있었다.

이상한 엄마가 나왔다

보통 일요일 오전에는 아이들과 함께 빵집에 간다. 왕복 삼사십 분 정도 되는 거리를 걷고 나면 빵도 생기고 시간도 가고 아이들도 빨리 낮잠에 든다. 그런데 오늘은 빵집에 다녀왔는데도 둘째만 잠이 들었다. 할 수 없이 첫째와 다시 거실로 나갔다. 첫째가 달라고 한 치즈, 물, 뽀로로 비타민을 두세 번 갖다 주었고, 함께 앉아 책을 읽어 주고, 장난감 북을 치기도 하며 시간을 보냈다. 오후 네 시쯤 남편이 왔다. 아이들을 남편에게 맡기고 잠시 커피숍에 갔다. 글을 쓰려고 했지만, 한 글자도 나오지 않았다. 이런저런 생각만 하다가 집으로 돌아왔다. 아이들은 조용하고 더러운 집에서 초점이 맞지 않는 눈으로 티브이 화면만 응시하고 있다.

"엄마랑 놀이터 갈 사람은 신발 신으세요."

"저요! 저요!" 대답하는 아이들이 앞다투어 신발장
으로 갔다. 남편은 야간 출근을 위해 잠을 자야 했다.

첫째가 초록색, 둘째가 빨간색 그네를 사이좋게 타
는 사이 가로등이 켜졌다. 모르는 아이가 유모차를
타고 왔지만 금방 다시 가 버렸다. 노란 불빛이 들어
온 지 얼마 지나지 않아 하늘은 완전히 깜깜해졌다.

"이제 마지막으로 미끄럼틀 한 번만 더 타고 집에
가자. 알겠지?"라는 말을 열다섯 번쯤 하고 나서 드
디어 집으로 갈 수 있었다. 둘째는 집에 가는 길에서
부터 졸려 했다. 집에 도착하자마자 졸려서 눈을 감
고 우는 둘째를 먼저 씻기고, 안 씻겠다고 우는 첫째
까지 씻겼다. 둘에게 미역국을 몇 숟가락씩 먹이고,
젖어 있던 머리까지 말려 주니 이제 정말 다 끝났다
싶었다. 마지막 단계만 남았다. 양치를 시키고, 첫째
가 변기에 오줌만 싸면, 불을 끄고, 자면 된다!

그런데 첫째에게 변기에 앉아 쉬를 하라고 말하자
갑자기 울면서 하지 않겠단다. 그러면 기저귀라도 하
고 자자니 그것도 싫다며 울며불며 내 품에서 벗어나
질 않았다. 그사이 이미 아까부터 목이 쉬어라 울고
있는 둘째를 그대로 놔두면 안 될 것 같아서 첫째에
게 양해를 구했다. "아기 우니까 아기한테 팔베개 좀

169

해 주면 안 될까." 그러자 첫째는 더 크게 울었다. 옆
방에서 자는 남편이 깰까 봐 신경이 쓰였다. 도대체
지금 뭐가 어떻게……. 호호 할머니처럼 점점 작아지
는 기분에 빠져들었을 때, 첫째가 둘째를 발로 찼다.

"아기 발로 차지 말랬지!"

동생을 발로 차는 모습에 화가 났는지, 아니면 화
를 내고 싶었는데 마침 그 일이 빌미가 되었는지 분
간하기 어려웠다. "다인이가 변기에 오줌도 안 싼다
고 하고 어? 기저귀도 안 한다고 했지? 그리고 아기
는 잠이 와서 우니까 아기 팔베개해 주고 다인이도
팔베개해 주려고 했는데, 다인이가 엄마한테 안겨서
아기 팔베개도 못 하게 했지? 그리고 또 아기를 발로
찼어. 다인이가 잘한 거야? 왜 이랬어? 이럴 거야?
엄마랑 친하게 잘 지내고 싶다며?"

아이는 안방 문을 꽝 닫았다. 나는 문을 열고 따라
들어가 아이의 팔을 세게 잡아 똑바로 세웠다. 아이
의 작은 몸은 내게 잡혀 조금씩 흔들렸다.

"문 쿵쿵하지 말랬지. 문 가지고 그러지 좀 말랬지!"

아이는 소리를 지르고 한참을 울더니 결국 변기에
앉았다. 울음소리가 잦아들면서 훌쩍훌쩍 코를 삼키
는 소리가 들렸다. 첫째는 숨을 고르더니 천천히 말
을 했다.

"이상한 엄마가 나왔어요."

그리고 집은 조용해졌다. 아무도 아무 말도 하지
않았다. 나는 꿈에서 깬 것처럼 정신을 차렸다. 아이
가 나에게 평소에 사과하는 모습을 따라 똑같이 허리
를 숙여서 사과했다.
"미안합니다. 잘못했습니다. 엄마가 잘못했습니다."
아이는 흐느끼며 더 많이 울었다. 그러더니 한동안
끊었던 손가락 빨기를 하면서 내 품에서 잠이 들었
다. 첫째가 자는 모습을 평소보다 더 오래 지켜본 뒤
방에서 나왔다.

열 시였다. 두 번의 외출로 피곤했는지 아이들이
일찍 잠든 날이었다. 결국, 그 어떤 날이라도 아이들
은 잠든다. 이렇게 밤이 찾아오고 하루가 간다. 원래
하던 대로 할걸. 두루마리 휴지처럼 거실을 굴러다니
고 아이의 얼굴을 쓰다듬으면서 뽀뽀나 실컷 해 줄걸.
나는 후회한다. 그러나 지금의 내가 화가 나 있던 아
까의 나에게 충고를 해 주더라도 소용은 없을 것이다.

아이를 키우면서 한계에 자주 부딪힌다. 오늘 첫째
가 고집을 부린 건 아마 잠이 몰려왔기 때문일 것이
다. 평소에도 잠이 올 때면 그랬으니까. 그런데 아까

는 그런 판단이 서질 않았다. 내가 피곤하면 아이의 마음을 알아차릴 여유가 없다. 아이들을 대할 때는 가능한 만큼 몸과 마음을 최적화시켜야 한다. 그러면 그곳이 어디든 아이들은 즐거워할 것이다. 이상한 엄마만 없는 곳이라면 어디든.

언젠가는 말을 듣겠지

빨간 날이라 첫째가 어린이집에 가지 않았다. 두 아이가 다 집에 있으면 둘의 낮잠 패턴이 맞질 않는다. 원래 오전에 낮잠을 자는 둘째는 점심때쯤 되니 잠이 온다며 울었고, 아직 잘 마음이 없어 보이는 첫째는 멀뚱히 그 모습을 쳐다보기만 했다. 우는 둘째를 업고 첫째에게 점심을 차려 주었다.

"점심 먹자. 자리에 앉으세요."

"다인이 낮잠 잘 거예요."

"알겠어. 그럼 자러 가자."

기껏 밥상을 차리고서 한 숟갈도 먹이지 못했지만 갑자기 잠을 자겠다는 첫째의 손을 잡고 안방으로 갔다.

"다인이 밥 먹을래요. 잠 안 잘래요."

"그래. 그럼 밥 먹으러 가자."

침대에 누웠던 몸을 일으켜 다시 식탁으로 갔다.

이렇게 식탁과 침대를 몇 번 왕복하고 나자 내 목소리가 점점 커졌다.

"아니 언제까지 이럴 거야. 자자고 했다가 점심 먹겠다고 했다가. 어떻게 하라는 거야 도대체. 다인이가 밥을 빨리 먹고 잠을 자야 세아도 잘 거 아니야."

아이는 고개를 숙인 채 바닥 어딘가를 쳐다보았다. 그리고 1분도 되지 않아서 거실로 도망치며 혀를 내밀었다.

"도망가지롱. 메~롱!"

첫째는 30개월이다. 이만하면 많이 키운 것 같은데 14개월 된 둘째보다 돌보기가 더 어렵다. 말이 통하니 말을 안 듣는다. 신발을 거실로 죄다 들고 와서 신고 다닌다. 오줌이 묻은 기저귀를 쓰레기통에서 꺼내서 베개라면서 볼에 비비고 논다. 어째서.

아이 둘이 거실에서 과자를 먹는 모습을 보고 부엌을 정리하기 시작했는데 언젠가부터 장난을 치는 목소리가 들리지 않았다. 예감이 좋지 않았지만, 안방 침대에서 뛰기 놀이를 하나 보다 싶었다. 그리고 이 내 목쉰 비명이 집 안 전체에 울렸다. 고무장갑을 낀 채 안방으로 뛰어갔다. 안방에 연결된 옷방의 전신 거울이 쓰러져 있고, 둘째가 거기에 깔려 있었다. 팔만 바동대는 둘째 위에 누운 거울을 치우고 아이를 일으켜 세운 뒤 꼭 안았다. 어디 다치진 않았나 하는 생각이 퍼뜩 들어서 상처가 난 곳은 없는지 살폈다. 둘째의 울음이 잦아들고서야 옆에 멀뚱히 서 있던 첫째를 노려볼 수 있을 만큼 정신이 들었다.

"이렇게 하면 동생이 아파, 안 아파. 이렇게 하면 돼요, 안 돼요? 엄마가 여기 들어가지 말라고 했어 안 했어? 계속 이럴 거면 할머니 집 가서 살아. 무서운 외삼촌 만나러 가! 왜 이렇게 말을 안 들어. 엄마 말 잘 들어야 산타할아버지가 또 선물 사 올 거 아니야!"

첫째는 긴 속눈썹을 몇 번 깜빡거리다가 후다닥 뛰어갔다. 이럴 때는 아이의 엉덩이에 대고 소리치는 수밖에 없다.

"제발 살금살금 걸어. 밑에 집 아찌가 올라온다!"

저녁 여덟 시에는 티브이를 틀어 뽀로로를 보여 주었다. 잠시라도 평화를 원하기 때문이다. 그제야 식탁 위의 소고기 볶음을 먹을 수 있었다. 며칠 전 갔었던 어린이집 면담회가 떠올랐다. 선생님께서는 상담

일지를 펼치면서 조심스럽게 말문을 열었다.

"다인이는 책을 무척 좋아해요. 또래보다 언어가 빠르고 문제가 생겼을 시 해결하려는 적극성도 뛰어납니다. 그런데 말을 너무 안 들어요. 위험한 행동은 안 하는데 다른 아이의 칫솔을 빠는 것처럼 소소한 일들은 아무리 하지 말라고 주의를 줘도 계속하고요. 바깥 놀이가 하기 싫은 날에는 절대로 안 나가려고 해요. 호불호가 분명한 성격 같아요."

"네……."

다 맞는 말이었다. 겁이 많은 다인이는 위험한 행동은 잘 하지 않지만, 자기가 보기에 위험하지 않다 싶은 행동은 남들이 아무리 하지 말라고 말려도 계속한다.

평화의 시간이 후루룩 지나 잘 준비를 시작했다. 양치를 시키고 아이의 엉덩이를 씻겼다. 어느 순간부터 화장실로 데리고 가려고 다인이를 안으면 어느새 길어진 다리가 갈 곳을 잃은 듯 덜렁덜렁했다. 아이의 엉덩이를 씻기다 갑자기 내 초등학교 시절이 떠올랐다. 해법수학의 기초 문제조차 풀지 못해서 쩔쩔맸던 모습. 그때 옆 아파트 4층에 살았던 친구는 어떻게 그렇게 수학을 잘했을까. 그 친구처럼 수학을 잘하고 싶어서 같은 문제집을 풀고 방과 후 수업도 옆자리에서 들었지만, 결국 그렇게 되지는 못했다. 자기 인생도 마음대로 못 했으면서 아이가 자기 마음대로 되길 바라다니.

끝끝내 수학을 잘하지 못했던 나도 자라서 어른이 되었다. 다인이도 내 말을 잘 듣건 안 듣건, 수학을 잘하건 못하건 한 살씩 나이를 먹어 갈 것이다. 그럼 엄마인 내가 할 수 있는 가장 좋은 일은 무엇일까.

기다리고 믿는 것.

여느 때처럼 길었던 1월 1일, 첫째는 네 살이 되었다. 다섯 살이 되면 말을 잘 듣겠지. 아마도.

없으면 빌려요

또 코피가 났다. 작년에도 한 번 이런 일이 있었다. 아침 열 시부터 오후 네 시까지 커피숍에 앉아서 글쓰는 생활을 딱 일주일 계속하면 코피가 난다. 노트북 자판 위로 떨어진 피를 빠르게 닦고 휴지로 코를 막았다.

'밭을 매러 다니는 엄마도 괜찮았는데, 얌전히 앉아서 손가락만 까딱까딱하는 내가 왜 코피가 날까.'

모처럼 좀 쉬어야겠다고 생각했다. 오후 세 시쯤 커피숍 문을 열고 나왔다. 아이들을 어린이집에서 데리고 온 사이, 이번 주에 야간 근무조에 속한 남편이 일어났다. 남편은 일어나자마자 아이들에게 티브이를 틀어 준 뒤 다시 안방으로 들어가 버렸다. 아이들

은 처음에는 좀 보는가 싶더니 5분 정도 지나자 소파
와 침대를 넘나들면서 높이뛰기를 하고 있었다. 그날
따라 열정적이었던 둘째는 두유를 바닥에 붓고 자기
얼굴에 뿌리는 것도 모자라 온 집 안에 뿌려 댔다. 아
이의 얼굴에 묻은 두유만 닦아 내고 그 외에 나중에
해도 되는 일은 뒤로 미뤘다. 잠깐 누웠다가 둘째가
똥을 싸서 엉덩이를 씻겨 준다고 아이를 번쩍 드는
순간, 또 코피가 났다. 오늘은 도저히 안 되겠다. 남
편에게 도와 달라고 해야겠어.

　그런데 남편이 안방에 없었다. 어느 방에 있나 찾
아보니 아이들 방 한구석에서 찌그러져 자고 있었다.
그 모습을 보자 어제 일하다가 쌍코피가 났다고 웃으
면서 말하던 그의 얼굴이 떠올랐다. 야간 업무 주간
이라 힘든 것이다. 조용히 문을 닫고 거실로 나와서
놀고 있는 애들 뒤에 겨우 누웠다. 할 일이 뭐가 남았
지. 밥은 어찌어찌 차리겠지만, 문제는 목욕이었다.
어제도 애들을 씻기지 않았던지라 오늘만큼은 씻겨
야 하지만 몸이 일으켜지지 않았다. 이미 커피를 넉
잔이나 마셔서 심장은 두근거렸지만, 그 강력한 카페
인이 다리까지는 가닿지 않는 것 같았다. 어쩔 수 없
이 찬송가를 틀어 오랜만에 하느님을 찾았다.
　'잘 지내시죠? 오랜만이라 죄송합니다. 전지전능

한 하느님, 저는 지금 아이를 씻길 힘이 필요합니다. 여러 사람 챙기느라 바쁘시겠지만, 저에게 딱 그만큼의 힘을 좀 빌려 주세요!'

기도를 마치고 비타민 영양제 한 알, 종합영양제 한 알, 한약 1봉을 먹었고, 커피를 한 잔 더 마셨다. 이들 중 누구의 덕인지는 모르겠지만, 30분이 지나자 몸이 일으켜져서 아이들을 무사히 씻길 수 있었다. 덕분에 남편도 야간 출근을 하기 전까지 계속 잘 수 있었다.

아이를 키우기 전까지는 모든 일은 혼자서 해야 잘하는 거라고 믿었다. 다른 이에게 덜 의지할수록 더 좋은 사람이 된 것 같았다. 혼자서 해결할 수 없는 일에 부딪히면 내 의지를 탓했다. 그러다가 결혼을 하고 연년생 아이 둘을 낳고 나자 내 힘으로만 살 수는 없음을 깨달았다. 아이들은 너무 힘이 넘쳤고, 나는 밤이 되면 소파에 시체처럼 누워 있기 일쑤였다. 둘째를 낳고는 도저히 답이 없어서 수시로 어머님과 엄마를 집으로 불렀고 남편에게도 도움을 청했다. 하지만 지원군이 아무도 없는 날이면 오늘처럼 하느님도 찾고 우주님도 찾으면서 3년을 보냈다. 여러 존재에게 도움을 받았다.

예전의 내가 떠오른다. 손을 내밀 바에는 괴로움을
택했던 사람. 그때의 나에게 해 주고 싶은 말이 있다.

괜찮아, 도움 받으면 돼.
없는 건 빌리면 되고. 그러고 나서 갚는 거야.

"남편 욕도 해야
사람들이 좋아해."

시부모님께 처음 인사드리러 가는 날이었다. 시내에
서 차로 30분 정도 들어가니 꼬불꼬불한 시골길이 나
왔고, 좁고 돌멩이가 많은 그 길을 5분 정도 더 가니
넓은 마당이 나왔다. 그 마당에 차를 주차했다. 이미
어머님께서 나와 계셨다. 인사를 하고 집 안으로 들
어갔다. 식탁 대신 작은 밥상에 회가 놓여 있어서 거
기에 모두 둘러앉았다.

　회와 밑반찬이 정갈하게 차려진 밥상을 보며 내
가 결혼을 해도 식탁이 부서질 만큼 요리할 일은 없
겠다고 생각했다. 아버님은 나를 쳐다보지도 않고
술부터 찾으셨다. '아니 이건, 삼류 드라마에 나오
는…… 매일 술 마시고 밥상 엎고 그런 아버님인가.'
싶었지만 나중에 남편에게 전해 들으니 아버님께선

그냥 수줍어서 그러셨다고 한다. 실제로 아버님은 술을 찾기만 했을 뿐 한 모금도 드시지 않았다. 회를 먹는 동안 어머님은 계속 나를 쳐다보며 회를 더 먹으라고 권하셨다. 벽에 걸린 달력을 보며 상견례를 언제 하면 좋을지 이야기한 것 외에 별다른 질문은 없었다.

식사를 마무리하고 집에 가고 있는데 어머님께 전화가 왔다. 그가 통화하는 걸 옆에서 들으니 뭔가를 가지러 다시 오라고 하시는 것 같았다. 아직 멀리 가지 않았던 터라 바로 차를 돌렸다. 어머님은 직접 농사를 지은 거라며 빨간 망 안에 가득 담긴 양파를 내게 안겨 주셨다. 채소에 대해 잘 몰랐지만 딱 봐도 양파가 큼직하니 좋아 보였다. 집에 가는 내내 어머님의 웃음이 선명히 떠올랐다. 든든한 마음.

반지를 사고, 한복을 맞추고, 하나씩 순서에 맞춰 결혼 준비를 하는 동안에도 친정 식구들은 혼수를 제대로 안 하면 시댁 어른들께 미움받는다며 몇천만 원이라도 더 모아서 결혼하는 게 어떻겠냐고 나를 설득했지만, 나는 양파를 받은 뒤로 마음을 굳힌 상태였다. 결혼은 그렇게 이루어졌다.

얼마 전 친정에 갔더니 엄마가 나물을 다듬고 있

었다. 옆에 누워서 이런저런 얘기를 하다가 결혼할 때 얘기가 나왔다.

"네가 갑자기 결혼하기도 했고 바로 옆에 살아서 그런지 결혼한 걸 가끔 잊어버리네."

"맞아. 나 그때 결혼 안 했으면 어쩔 뻔했어. 참 잘했지."

그러다 내가 친한 친구의 결혼 소식을 전하니 엄마는 그 친구를 떠올리면서 말을 이어 갔다.

"걔는 아마 잘 살 거야. 눈치가 빠르잖니. 여기서는 여기 말이 맞는다고 하고, 저기서는 저기 말이 맞는다고 하고. 그러니까 친구도 많고 얼마나 좋니. 너도 좀 그렇게 해. 아무리 남편이 좋아도 밖에서는 남편 욕도 하고 그래야 사람들이 좋아해."

"나는 욕 안 하지. 우리 남편은 욕할 게 없는데."

그랬더니 엄마는 그럼 친구들이 남편이나 시댁 욕을 하면 어떻게 반응하냐고 물었다.

"난 그냥 가만히 있지. 근데 잠깐은 괜찮지만 만날 때마다 그러면 아예 안 만나. 기 빨려서 못 만나겠더라."

"얘, 너무 맑은 물에는 물고기가 안 살아. 적당히 욕도 하고 지내야지. 누가 먼저 욕하면 같이 욕하고 아니라도 맞다 맞다 해 주고 그러는 거야 원래."

"교회에도 사람 많아. 그 사람들이랑 자주 연락하

니까 괜찮아."

대화를 적당히 얼버무리고 친정집을 나섰다. 5분 거리인 집으로 걸어가면서 방금 전까지 나눈 대화를 곱씹었다.

'왜 친구가 많아야 하지? 지금도 충분히 바쁜데.'

애들 아침밥 차려 주는 것도 힘들어 냉장고에는 커피와 박카스가 가득 채워져 있다. 온종일 아이들을 입히고 씻기고 재우는 건 기본이고, 곁에 앉아 블록 쌓기와 역할놀이처럼 애들이 좋아하는 놀이도 해줘야 한다. 그리고 남편이 보고 싶어 하는 영화도 시간을 쪼개서 같이 봐야 한다. 나만의 시간이 나면 글도 써야 하고 책도 읽어야 한다. 내가 사랑하고 나를 사랑하는 사람들만 챙겨도 시간이 빠르게 지나간다.

친구가 많지 않아도, 지금 내 주위에는 비슷한 사람들이 모여든다. 글쓰기 모임과 독서 모임, 교회에서 만난 인연으로 이루어진 여기 이 물에서 노는 게 재밌다. 물고기가 더 많을지도 모르는 다른 큰물에 기웃거릴 마음은 아직 없다. 내 물 안에는 온종일 남에 대한 불평만 늘어놓는 물고기는 없다. 맑은 물이 좋다는 게 아니고 그냥 내 물에서 논다. 아무 조건 없이 나를 사랑해 주는 가족들과 취향이 맞는 사람들이 지금 내 물에 살고 있다. 그 물고기들 덕분에 나는 가장 나다운 물이 된다.

회사를 쉬는 이틀동안 집 밖으로
한 번도 나가지 않은 남편을 보니

대단하다는 생각이
들었다.

괜찮아요.

흐응

그럼 나 이거
9회말이라 좀만
더 하고 끌게요.

와인드 업—

남편은
밖에 나가는 게
싫어요?

온실 속 화초와 산다

오후에 잠깐 나가서 글을 쓰고 집으로 다시 왔다. 집에 들어서니 게임을 잠시 멈춘 남편이 나를 반겼다.

"여보! 오늘은 무슨 글 썼어요? 커피 많이 마셨어요? 커피 타 줄까요? 아니면 라면 끓여 줄까요?"

회사를 쉬는 이틀 동안 집 밖으로 한 번도 나가지 않은 남편을 보니 대단하다는 생각이 들었다.

"남편은 밖에 나가는 게 싫어요?"

잠시 멈춰 두었던 게임을 다시 시작한 남편이 웃으면서 대답했다.

"네. 밖에선 똥 싸러도 마음대로 못 가고."

남편은 정말로 집에 있을 때 행복해 한다. 자유롭게 옷을 벗을 수 있고 화장실도 편하게 갈 수 있기 때문이다. 특히 지금처럼 아이들이 할머니 집에 가 있는 동안 마음껏 야구 게임을 하는 걸 제일 좋아한다. 우리가 결혼한 지 4년이 지난 지금까지 남편이 친구들과 술 약속을 잡은 건 다 합쳐도 열 번도 안 된다. 회식에는 참석하지만, 그마저도 아홉 시면 이미 집에 와 있다. 술에 취해 사 온 아이스크림을 2차 삼아 먹고 거실에서 뻗는다.

화장실을 갔다 오니 이번에 남편은 거실 매트에 누운 채 핸드폰을 보고 있었다. 물렁물렁한 그의 팔에 머리를 대고 누웠다. 남편은 오마이걸 영상을 보고 있었다. 또 시작이다. 글이 안 써진다고 짜증을 내니 남편이 말했다.

"여보, 그럼 안 쓰면 돼요. 글은 안 써도 아무 상관 없어요. 아니면 내일 써요. 지금 그게 중요한 게 아니라 오마이걸이 5년 만에 1등 했어요. 제가 키운 거 같아요. 진짜 너무 기뻐요."

눈동자를 반짝거리며 오마이걸의 성장담을 쏟아내는 남편을 보고 있으면, 문장을 나누고 쪼개며 글을 쓰는 게 전부였던 방금까지의 노트북 안 세계가 아주 작게 느껴진다. 맞다, 세상에는 중요한 게 많았지. 한참 동안 눈앞에서 춤을 추던 영상이 끝나자 남편은 힘이 나게 해 주겠다며 배달 앱을 켰다. 그는 보

쌈, 한식, 치킨 중에 뭐가 좋으냐고 물었고, 나는 보
쌈은 싫다고 해서 결국 치킨을 주문했다. 치킨을 뜯
다 문득 어젯밤 남편이 해 주던 얘기가 떠올랐다.

어제는 조금 이상했다. 애들을 재우고도 둘 다 새
벽녘까지 잠들지 못했다. 우리는 깜깜한 방에서 아이
들을 양팔에 끼고 누워 얘기를 시작했다.

"예전에 썸 타던 여자가 있었어요. 친구들한테 사
진을 보여 주면 배우 황우슬혜를 닮았다고 했었어
요. 되게 예뻤어요. 전공은 피아노였는데 집이 좀 가
난했어요. 저랑 만나고 있을 때 학자금 대출을 갚아
야 한다고 알바를 세 개나 하고 있었어요. 하루는 마
지막 알바 끝나기 기다렸다가 만났는데…… 그때가
새벽 두 시였나. 횟집에서 소주를 마시는데 몇 잔 마
시고는 그런 말을 하더라고요. 오빠는 너무 온실 속
화초로 컸다고. 그래서 사회 물정을 모른다고."

남편은 거기까지 말하고 나서 자신이 온실 속 화초
로 큰 것은 인정한다고 했다. 대학생 때 단 한 번도 아
르바이트를 하지 않았고, 또 쉴 때는 항상 집에만 있
으니 온실 속 화초라는 표현이 딱 맞는다며 웃었다.
온실 속 화초 같은 이 남자를 옆에 두고, 어느 모임에

서 누군가 20대 여성에게 '온실 속 화초로 자란 남자는 절대로 만나지 말라'며 충고하던 모습이 떠올랐다. 갑자기 다들 싫어하는 온실 속 화초가 불쌍해졌다. 온실 속 화초에게는 온실이 전부일 텐데. 자기 온실을 소중히 여기는 화초라면 괜찮지 않을까.

나는 많은 사람이 싫어하는 '온실 속 화초'와 결혼했다. 내 남편은 온실 밖으로 나가는 걸 좋아하지는 않지만 자고 일어나면 들뜬 목소리로 노래를 부르면서 춤을 춰 주는 사람이다. 팬티만 입고 춤을 추는 남편을 보면 대단히 심각한 고민에 빠져 있다가도 그 엉덩이의 움직임에만 집중하게 된다. 자다 깬 아이들이 그 모습을 보고 따라 춤을 추고, 아이들이 내 손까지 잡으면 누워 있던 나도 어쩔 수 없이 일어나 춤춘다. 우리 가족은 종종 아침에 댄스파티를 연다.

조금만 아파도 세상이 무너질 듯 엄살을 떨지만, 집을 좋아하고 식구들에게 매일 과일을 깎아 주는 사람. 바깥의 비바람과 가뭄을 견디기에는 약하지만, 우리 가족에게 꼭 필요한 온실 속 화초와 함께, 나는 살고 있다.

남편이 가출했어요

생각해 보니 역시 청소를 하는 게 아니었다. 가구를 이리저리 바꾸며 누가 시키지도 않은 대청소를 하고, 허리가 너무 아파서 잠시 누워 있었다. 그사이 친정 엄마가 와서 점심을 차려 주고 둘째도 잠시 봐 주었다. 쉬는 날이었던 남편이 이제 허리가 괜찮다면서 방에서 나오니 엄마는 가 버렸다. 오후 다섯 시부터 남편이 커피숍에 갔다 오라며 나를 내보냈다. 나간 지 한 시간 만에 전화가 왔다. 오늘따라 애들이 엄마를 찾는다고 했다. 뽀로로를 틀어 줘도 안 된다면서 다시 집으로 와 달라고 했다. 말소리보다 전화기 너머 아이들의 우는 소리가 더 크게 들려서 쓰던 걸 멈추고 서둘러 택시를 탔다.

집에 도착하니 다행히 애들은 웃으면서 술래잡기를 하며 잘 놀고 있었다. 입었던 옷을 걸러 방에 가니 베란다에 놔둔 티브이가 내 방 책상 위에 올라가 있었다. 가끔 아이들에게 만화를 보여 줄 때나 남편이 게임을 할 때 쓰려고 베란다에 둔 티브이였다. 그런데 그 티브이 화면에 남편이 하는 야구 게임이 켜져 있었다. 그 순간 내 표정이 어땠는지는 모르겠지만, 남편은 선 채로 게임을 시작했다. 20분이 지나자 슬슬 화가 났다. 애들이랑 있을 때는 제발 게임 좀 안 하면 안 되냐고 따졌다. 그런데 도리어 남편이 화를 냈다. 원래라면 그 상황에서 춤을 추거나 '여보는 이상해'라는 자작곡을 만들어 부르거나 초콜릿을 먹으러 가던 남편이 3년 만에 처음으로 화를 냈다.

"여보 진짜 너무해요. 내가 나가든지 해야지. 진짜 못 살겠네."

거칠게 파카를 입는 소리가 들렸고 꽝 하는 소리와 함께 문이 닫혔다. 나는 남편의 뒷모습을, 정확히 말하자면 그가 이미 나가 버린 출입문을 쳐다보았다. 이제 뭘 어떻게 해야 할까 고민했다. 우선 현금을 두둑이 챙겼다. 돈이 없으면 아무것도 할 수 없으니. 그리고 아이들도 챙겼다.

"얘들아, 우리 호텔 갈까? 가서 엄마랑 물놀이하자."

아이들은 신나 했다. 밤 아홉 시에 호텔에 가 본 적은 없지만, 화난 남편 앞에서 한마디도 못 하고 아이들과 집에 남겨졌다는 사실을 견디기 어려웠다. 나도 나가야 했다. 남편의 굳은 표정을 떠올리니 그가 팽개친 공간에 더는 머무르고 싶지 않았다.

검색해 보니 다행히 호텔에 방은 많았다. 호텔 입구에 도착해 예약하고 들어가도 되겠다 싶어서 무작정 기저귀 가방을 들고 아이들과 함께 아파트 입구로 나왔다. 택시를 잡으려는데 갑자기 코로나가 걱정되었다. 요즘 같은 때에 호텔에 가도 괜찮을까. 멈칫 아파트 주변을 서성이고 있으니, 발이 유난히 커서 멀리서도 발부터 눈에 띄는 남편이 보였다. 나간 지 한시간 만이었다. 그는 내 손을 잡고 다시 집으로 가자고 이끌었다. 나는 금방 울음을 터뜨렸고 애들은 잠이 오는지 징징거렸다. 우리 집의 모든 여자가 동시에 울음을 터뜨린 기념비적인 순간이었다. 남편은 우는 여자 셋을 데리고 집으로 갔다. "아무래도 제가 게임을 포기해야 할 것 같아요." 그는 말했다.

애들이 잠든 걸 확인하고 훌쩍거리며 거실로 나와 낮에 마치지 못한 글을 썼다. 곁에 다가온 남편은 화를 내서 미안하다고 했다. 허리가 아프니 아무래도 예민해진 것 같다고.

아니, 말하지 않아도 알 것 같았다. 원래 남편은 아침에 일어나자마자 신나는 노래를 들려주거나 춤을 춘다. 퇴근해서 현관문을 열 때는 아이같이 행복한 미소를 짓는다. 집에 들어와서는 그날 있었던 일들을 모두 이야기한다. 나에게 항상 존댓말을 쓰고, 재밌는 것은 항상 내게도 보여 준다. 덕분에 나는 봉준호 감독의 아카데미상 수상 소감을 다섯 번이나 보았다. 우리는 3년 동안 그렇게 살았고 믿음을 쌓았다. 가출과 화해도 그 안에 함께 들어 있었다.

다음 날 아침, 남편이 웃으며 내게 다가왔다. "여보, 허리에 아주 특화된 의자가 있더라고요. 그 의자를 사면 게임을 할 수 있을 것 같아요." 결국, 그 허리 디스크 의자를 사고 말았다. 우리 둘 다 어른이 되려면 아직 한참 멀었다.

멋진 엄마가 되고 싶어

"음료 뭐 마실래요?"

저번 주 독서 모임에서 알게 된 그녀와 처음으로
단 둘이서 만났다. 찰랑거리는 긴 머리와 꽤 진한 눈
화장이 인상적인 그녀의 목소리는 낮고 굵은 편이었
다. 평소에는 마시지도 않는 오미자차를 시키고 마주
앉았다. 그녀는 요즘 글 쓰는 재미에 빠져 있다고 했
다. 제대로 글을 쓴 지는 한 달 정도 되었고, A4 기준
으로 60매 정도 분량을 썼다고 했다. 브런치에 올린
내 글을 읽고 너무 좋았다면서, 내일이나 모레쯤 파
일을 보내 줄 테니 자신의 글도 좀 읽어 줄 수 있냐고
물어 왔다. 나는 도울 수 있는 건 다 돕고 싶었다. 기
분이 좋았으니까. 비슷한 또래에 글 쓰는 사람을 만
난 것도 좋았고, 화장 안 한 동네 엄마들만 보다가(거

기에는 나도 포함되었다) 모처럼 기미를 '커버'한 사람을 만나니 신기했다.

그녀는 글을 쓰면서 좋은 카페를 많이 알게 되었다면서 몇 군데를 추천해 주었다. 커피숍 얘기만으로도 한 시간쯤이 지났을 무렵, 화제는 자연스럽게 육아로 옮겨 갔다.

그 집 아이는 시어머니께서 전담해서 키우고 주말에만 집에 온다고 했다. 주말에 아이가 오면 남편과 셋이서 커피숍에 가고, 거기서 한 명은 아이를 보고 한 명은 글을 쓰거나 책을 읽는 시간을 보낸다는 거였다. 평일에는 아이가 없으니 회사를 갔다 와서 여덟 시부터 자정까지 노트북으로 글을 쓴다고 했다. 나는 그 말들이 펼치는 풍경을 상상했다. 조용한 집에서 울리는 키보드 소리. 노트북 옆에서 김이 올라오는 커피. 나도 모르게 '우와' 하고 탄성을 터뜨리자 그녀는 웃었다. "저도 제가 복 받은 사람인 것 같아요. 물론 아이도 중요하지만 제 인생도 너무 귀중하니까요." 그래, 아마도 그때, 나는 달랑거리는 그녀의 길쭉한 귀걸이를 보고 있었다. 내 귓구멍은 아직 뚫려 있을까. 언제 귀걸이를 마지막으로 했더라.

한참 이야기하다가 시계를 보니 벌써 세 시였다. 곧 첫째가 어린이집에서 올 시간이라 슬슬 일어나자고 하니 그녀는 다음에 보자며 담담하고 예의 바르게 인사해 주었다. 달랑이는 귀걸이가 계속 예뻤다.

다음 날, 주택에 사는 친구 집에 갔다. 가파른 계단을 올라가면 2층에 대문이 나 있다. 문을 열면 같은 간격으로 줄 서 있는 장난감 자동차들이 먼저 눈에 들어온다. 고개를 돌리면 주방에 밥솥 두 개와 라면 상자가 있다. 이어서 더 작은 것들이 보인다. 기저귀, 물티슈, 손수건……. 이 집에서 제일 신기한 부분은 따로 있다. 집에 먼지가 하나도 없다는 것이다. 그녀는 끊임없이 움직였다. 음식을 먹고 나온 일회용품 중 재활용이 되는 것은 바로바로 씻어서 말렸고, 아이들의 동선을 뒤따라 다니며 애들이 가지고 논 장난감을 치웠고, 그러고 나면 다른 장난감을 아이들 손에 쥐여 주었다. 정말 대단하다고 생각하는 와중에, 점심으로 다 같이 먹은 짜장면 때문인지 너무 졸렸다. 양해를 구하고 잠시 거실에 누우려니까 애들 셋이 다 같이 나를 따라 누웠다. 그 집 엄마를 뺀 나머지 넷이 나란히 늘어졌다. 거실 창문으로 올려다본 하늘이 예뻤다. 음식물 쓰레기를 버리러 나갔던 친구가 집으로 들어온 순간, 이게 내가 꿈꾸던 엄마의 삶이라는 사실을 깨달았다. 아이에게 필요한 물건은 사기 전에 몇 번씩 검색해 보고, 아이가 원하는 걸 미리 알

려고 노력하는 삶. 그리고 무엇보다 뽈뽈거리며 바지
런히 움직이는 일상.

  나도 저런 엄마가 되고 싶다.
  그러니까 이제부터 되자.

  그래서 다음 날 대청소를 했다. 아이 방에 있던 주
방 놀이 장난감을 거실로 옮겼고, 우리 집에서 영 대
접을 못 받던 자동차 장난감도 서랍장 한쪽에 자리를
마련해 주었다. 뿌듯함은 첫째가 어린이집에서 돌아
오자마자 무너졌다. 아이를 따라다니며 장난감을 줍
다가 아홉 시가 넘은 걸 확인하면서 마음을 접었다.
내일 치우자. 애들을 재우러 같이 안방으로 들어갔
다. '애들 잠들고 나면 나만의 시간을 가져야겠다' 생
각하니까 기분이 좋아져서 스르르 잠이 들었다. 일어
나 보니 아침 일곱 시였다.
  미적거리면서 애들 손을 잡고 거실로 나왔다. 주방
건조기에는 바나나가 들어 있었다. 옆에 있는 물티슈
로 건조기 안에 들어 있는 바나나를 닦았다. 둘째가
나를 따라 빵으로 바닥을 닦고 있었다. '안 돼요'라고
말하며 늘 하던 대로 차분히 빵을 낚아채고 보니 첫
째가 자기 머리칼 사이에 머리핀을 꽂고 있었다. 드
디어 성공했구나. 신이 난 첫째는 매트 위를 깡충깡

충 뛰면서 열 번도 넘게 머리핀을 꽂았다가 빼기를 반복했다. 나는 아이가 핀을 머리에 꽂을 때마다 손뼉을 쳤다. 그러고 나서 힘껏 안아 주었다.

지난 이틀 동안 만난 두 엄마를 떠올렸다. 나보다 한 발짝 앞서 나간 듯한 그녀들이 부러웠지만, 내가 그들처럼 될 수는 없었다. 지금의 나는 이전의 내가 원했던 엄마의 모습은 아니지만, 적어도 아이와는 삶과 시간, 작은 성공을 공유하는 사이가 되었다. 1년 만에 혼자 머리핀 꽂기를 성공한 딸에게 몇 번이고 대단하다고 말해 줄 수 있는 사람이.

코로나 덕분에?

일어나자마자 요구르트에 빨대를 꽂아서 아이들의
손에 쥐여 준 뒤 소파에 누웠다. 인스타그램을 켜니
아이들이 있는 집은 다들 상황이 비슷해 보인다. 코
로나 때문에 밖에 나가지 못하고 집에서 물감 놀이,
촉감 놀이를 하는 피드가 많았다.

그걸 보는 사이 둘째가 요구르트에서 빨대를 빼
내고 손가락으로 그 자리를 후볐다. 그리고 바로 입
으로 들이부었다. 순식간에 둘째의 얼굴이 요구르
트 범벅이 되었다. 아이고 소리가 절로 나왔다. 핸
드폰을 놓고 아이의 얼굴을 닦고 나서 빵을 주었다.
둘째는 빵을 들고 이리 비틀 저리 비틀 걸으며 온
집에 다 뿌리고 다녔다. 빵을 뺏으려고 하면 도망가
면서 울었다. 작은 손에 꼭 쥐고 놓지를 않았다. 20

대 때 소주병을 놓지 못한 채 술을 더 달라고 하던 나 같았다. 빵 주정을 부리는 아이들을 포기하고 거실에 대자로 누워서 햇빛을 빨아들였다. 그러고 난 뒤 커피를 마셨다.

핸드폰 배터리가 다 떨어져서 충전기가 있는 방으로 가자 도망갔던 아이들이 우르르 나를 따라왔다. 의외로 육아엔 집이 넓을 필요가 없다. 방 모퉁이에서 폰을 충전기에 꽂고 켜질 때까지 잠시 보고 있자 아이들도 거기에 모여 머리를 박고 신기한 듯이 쳐다보았다. 한 명은 플러그에, 한 명은 핸드폰에 관심을 가지더니 얼마간 그러고 있다. 갑자기 첫째가 나에게 안기자 둘째까지 매달려서 서로 안기겠다고 몸싸움을 하다가 둘 다 울음을 터뜨리며 평화는 순식간에 깨졌다. 육아란 이런 것이다.

아직 오전 열한 시도 안 되었다는 사실이 믿기지 않았다. 돌아서면 아이를 먹이고, 돌아서면 아이를 씻겨야 하고, 돌아서면 아이가 울고 있어 안아 줘야 한다. 돌아서면 원하는 놀이를 해 줘야 한다. 아이들 몰래 커피를 한 모금 마시고 나면 조금 더 늙은 기분이다.

결혼 전에는 집 안에 이렇게 오래 머무는 건 상상하지도 못했다. 친정집은 내가 가 본 그 어떤 주택보다도 추웠다. 늘 보일러 대신 전기장판을 틀었고, 식탁에서 밥을 먹을 때는 파카를 입었다. 일을 마치고 집으로 돌아와 열쇠로 대문을 열 때는 딸깍 소리가 났고, 엄마는 보라색 털모자를 쓴 채 거실에서 자고 있었다. 내게 익숙한 '집'이란 그런 것이었다. 식탁과 이불과 티브이가 엄마 주위를 감싸고 있었고, 그 영역 안에 들어가는 법을 영영 찾지 못한 나는 조용히 씻고 잠을 잤다. 나는 그 집에서 뭐라도 되고 싶었지만, 의자도 이불도 될 수 없었다. 엄마는 항상 새벽부터 절에 가셨다. 새벽녘 귓가에는 약사여래불 노래가 들려 왔지만 일어나 보면 늘 아무도 없었다. 내가 출근한 뒤에 엄마는 절에서 돌아왔고, 퇴근해서 돌아오면 이미 자고 있었다. 그래서 나는 혼자 사는 친구를 곧잘 찾아가 머무르곤 했다. 친구는 나를 반겨 주기 때문이다.

오래도록, 내게 집이란 아무도 나를 찾지 않는 장소였다. 그러나 지금은 아이들이 하루에 백 번도 넘게 나를 찾는다. 내가 커피를 마셔도, 한약을 마셔도 애들은 꼭 내 옆에 붙어서 그걸 쏟거나 얻어먹는다. '그게 뭐야 그게 뭐야' 하면서 내가 하는 모든 일에 관심이 많다. 아이가 흔들면 나는 흔들리고, 아이가 잡아 뜯으면 잡아 뜯긴다. 아이가 손님이 되어 달라고 하면 손님이 되고, 환자가 되라고 하면 환자가 된다. 아이가 "고마워"라고 말하면서 뭘 건네주면 "고마워"라고 말하며 받는다. "자 여기"라고 말하면서 뭘 건네준 뒤에 다시 자기에게 달라고 하면 "자 여기"라고 하면서 돌려준다. 문이 열려도 집 속에 속하지 못했던 과거와 달리 지금은 집으로, 집 안으로 들어간다. 아이들은 나에게 다양한 역할을 준다. 나는 매일 새로운 역할을 맡게 되고, 아이들은 매번 새롭게 나를 반겨 준다.

코로나 때문에 집에 머무는 시간이 길어지면서 매끼 식사를 준비하는 게 점점 힘들어졌다. 냉동식품으로 아이들의 아침을 때우는 동안 우리 가족은 어떤 경험치를 쌓아 왔다. 그 어떤 상황에서도, 시간이 지나면 삶과 경험이 쌓이고, 결국 어쩔 수 없이 뭔가에 능숙해진다. 코로나로 집 안에서만 살아가는 동안, 첫째는 잘 때 빼고는 소변을 변기에 쌀 수 있게 되었다. 둘째는 '안 돼'와 '언니'를 확실히 발음하게 되었다. 나는 가득 쌓인 설거지를 예전보다 빠른 속도로 해치울 수 있다. 코로나 때문에 세상의 시간이 멈추는 동안 나는 덕분에 집 안에서 더 많은

208

일을 할 수 있고 많은 역할을 가지게 된, 아주 바쁜
사람이 되었다.

3장

아마도 내일은

김

피일

·영이요.

고객님, 죄송한데 성함 다시 한 번 말씀해 주시겠어요?

피윺에 이, 리을 필. 김. 필. 영이요.

초등학생 때부터 내 이름을 싫어했다.

●● 초등학교

이름: 김필영

성까지 포함하면 세 글자 모두 받침이 있어서 발음하기가 어려웠고, 이름에 피읖이 들어가는 게 싫었다.

김필영

어머님이 며칠 전부터
남편과 나의 이름을
첫째에게 가르치는 것
같더니 성공한
모양이다.

쪼르르...

김피용!

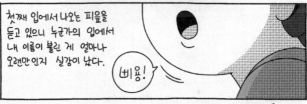

첫째 입에서 나오는 피용을
듣고 있으니 누군가의 입에서
내 이름이 불린 게 얼마나
오랜만인지 실감이 났다.

삐용!

언니
진짜 잘
어울려요~

리넨 재킷을 살 때는 언니가
되었다가

운영위원회 때는
다인이 엄마가 된다.

반가워
다인엄마.

네.

언니도 좋고 다인이 엄마도 좋지만, 이름을 불러 주는 사람은
다 어디로 간 걸까.

틱

이름 : 김필영

틱틱

틱

내 이름은 김필영

어린이집 운영위원회가 열리는 날이다. 먼저 아파트 상가에 들러서 ATM기에서 돈을 찾았다. 찾은 돈을 손에 쥔 채 지갑에 넣을 겨를도 없이 출구 방향으로 몸을 틀었다. 상가 출구에 거의 다 와서 다시 걸음을 천천히 걸었다. 그제야 옆 유리창을 보니 옷가게 쇼윈도 안에 걸어 놓은 리넨 재킷이 눈에 들어온다. 베이지색에 엉덩이를 반쯤 덮을 길이였다. 청바지에도 슬랙스에도 적당히 어울릴 듯했다. 자세히 보니 어깨에도 패드가 있는 것 같고. 딱 내 옷이었다. 발을 멈추고 한참을 쳐다보았다.

"언니, 들어와서 구경하세요."

친절한 직원의 말에 나도 모르게 가게 안으로 들어갔다. 직원은 밖에 걸린 재킷을 한 손에 들더니 체크

무늬 재킷을 다른 손에 들고 왔다. 두 개가 제일 잘 나
간다고 했다.

하나 살까 말까 하던 마음은 어느새 어떤 것을 살
까 하는 고민으로 바뀌었다. 아무리 봐도 처음 봤던
재킷이 마음에 들었다. 결제까지 마치니 두 시가 다
되었다. 어린이집에 도착해야 할 시각이었다. 택시를
타고 서둘러 어린이집으로 갔다.

2층으로 올라가 문을 열고 들어가니 다들 이미 자
리에 앉아 있었다. 왼쪽에는 학부모 두 명, 맞은편에
는 어린이집 교사가 네 명. 회사에서 운영하는 어린
이집이라 그런지 회사 로고가 박힌 옷을 입은 사람
두세 명이 교사들 옆에 나란히 앉아 있었다. 누군가
가 자기소개를 하자고 제안했다.

"안녕하세요. 새벽 이슬반 담임이자 주임 교사 차
혜림입니다. 잘 부탁드립니다."

주임 교사를 시작으로 시계방향으로 소개를 이어
갔다. 쪼르르 앉아 있던 아이들 엄마 세 명이 마지막
차례였다.

"안녕하세요. 맑은 호수반 박미소 엄마입니다. 잘
부탁드립니다."

"안녕하세요. 아침 햇살반 김다빈 엄마입니다."

내 차례가 되었다.

"안녕하세요. 새벽 이슬반 한다인 엄마입니다."

'엄마입니다'까지 말했을 때 기다렸다는 듯 모두 손뼉을 쳤다.

지도 교사 중 한 명이 어린이집 문에 붙일 캐릭터를 고르자고 해서 다수결로 캐릭터를 정했다. 이어서 얼마 전 매트에 발이 끼어서 다친 원아에 관한 이야기가 오갔다. 원장님은 사고 예방 교육과 새로 바꾼 매트의 안전성에 관해 설명했다. 아들만 셋이라던 내 옆자리 엄마는 원내에서 전염병이 유행하면 그 전염병에 대한 설명과 사진을 넣어서 알림장에 올려달라고 건의했다.

한참을 집중해서 듣고 있는데 뭔가 빠진 것 같은 기분이 들었다. 처음엔 리넨 재킷을 사느라 써 버린 10만 원인 줄 알았는데, 그게 아니라 내 이름이 사라진 거였다. 아무도 "그런데 다인이 엄마는 이름이 뭐예요?"라고 묻지 않았다. 자리에 미리 준비되어 있던 커피와 빵을 다 먹어갈 때쯤 회의가 끝났다. 웃으면서 인사하고 자리를 뜨는 사람들을 쳐다보며 가만히 앉아 있었다. 가장 늦게 회의장에서 나와 엘리베이터를 타면서 생각했다. 원래 이런 건가. 엄마가 된 이상 이름은 필요 없어진 걸까.

초등학생 때부터 내 이름을 싫어했다. 성까지 포함하면 세 글자 모두 받침이 있어서 발음하기가 어려웠고, 이름에 피읖이 들어가는 게 진짜 싫었다. 그냥 시옷이나 이응으로 이루어진 이름을 가지고 싶었다. 친구 중에는 수지와 은진이가 많았다. 그런 이름이 부러웠다. 큰 은진이, 작은 은진이, 안경 낀 은진이 들은 자기 이름이 흔해서 싫다고 했지만, 아무렴 자기 이름을 말할 때마다 "네?" 하는 반응을 보는 것보단 낫지 않을까. 내 이름을 미워하는 건 20년째 이어진 습관이었다. 그런데 아이를 키우면서는 그 '싫음'을 느껴 본 적이 거의 없었다. 이름을 묻는 사람이 없었기 때문이다. 서비스 센터 직원이나 고객센터 상담원 정도가 예외였다. "실례지만 고객님 성함이 어떻게 되세요?" "김필영이요."

어린이집에서 아이를 데리고 집으로 왔다. 싱크대로 데려가 손부터 씻기고 냉장고에서 커피를 꺼내서 마셨다. 이제 막 말을 배우기 시작한 첫째가 다가와 좋알거렸다. "김필용 커피 암 냠냠. 김 피용 커피 암 냠냠." 어머님이 며칠 전부터 남편과 나의 이름을 첫째에게 가르치는 것 같더니 성공한 모양이었다. 애는 신이 나서 자기 전까지 몇 번이나 "김필용 김 삐용 김 피용" 했다. 첫째의 입에서 나오는 피읖을 듣고 있으

221

니 누군가의 입에서 내 이름이 불린 게 얼마나 오랜만인지 실감이 났다.

리넨 재킷을 살 때는 언니가 되었다가 운영위원회 때는 다인이 엄마가 된다. 언니도 좋고 다인이 엄마도 좋지만, 이름을 불러 주는 사람은 다 어디로 간 걸까. 휴대폰을 들고 인스타그램을 켰다. 며칠 전부터 망설였던 글쓰기 모임 링크로 들어가 '신청하기'를 클릭했다. 신청서에 이름을 쓰는 칸 옆에는 '진짜 이름을 쓰지 않아도 된다'는 안내 문구가 있었다. 나는 '김필영'이라고 썼다. 이름을 불러 주는 사람이 없다면 내가 써야지. 커피를 암 냠냠 먹는, 그냥 김필영으로 사는 시간도 필요하니까.

우리 딸은 제기를 잘 찹니다

이번 교회 모임은 산속에 있는 오리 고깃집에서 열렸다. 식당 옆에는 운동장으로 쓸 만한 공터가 있었다. 밥을 먹기 전 모두 거기에 모여 성경 퀴즈를 풀었다. 초등학생들도 알 만한 문제인지 다들 X야 O야 떠들면서 몰려다녔다. 답을 하나도 몰랐던 나는 공터 멀찍한 곳에 혼자 앉아 있었다. 사람들이 조금씩 떨어지는 광경을 멍하니 쳐다보며 둘째에게 감기약을 먹였다. 마지막 문제까지 남은 사람은 열두 명이었고, 그중 초등학생이 서너 명은 되어 보였다. 아기 때부터, 혹은 배 속에서부터 교회를 다닌 애들은 확실히 많이 알고 있었다. 나보다 훨씬 낫다. 나는 이제 교회를 다닌 지 10개월이 되었다. 하느님 빼고는 누가 누군지 잘 모르겠다. 퀴즈 대회는 한 번 더 하는 모양이었다. 나는 둘째에게 분유를 먹였다. 마지막 한 모금까지 다 먹은 아기는 잠이 오는지 눈을 작게 뜨면서 칭얼거렸다. 재우기 위해 차가 서너 대 주차된 뒤쪽 나무가 우거진 곳으로 갔다. "엄마가 섬 그늘에" 하고 노래를 불러 주었지만 둘째는 좀처럼 잠들지 않았다. 노래에 맞춰 천천히 둥가둥가를 해 주었더니 그제야 눈이 반쯤 감겼다.

"세아야. 잠이 안 와? 잠 오는 것 같은데?"

까맣게 선팅한 차창에 둘째와 내 얼굴을 비춰 보고 있을 때, 아버님의 다급한 목소리가 들렸다.

"필영아! 제기차기한단다. 나가야지!"

초등학생 때는 제기를 한 번에 50개씩 찼다. 처음에는 겨우 세 개쯤 찼는데, 4학년 때 어떤 아이가 열두 개를 차는 걸 보고 온종일 연습했기 때문이다. 불필요하게 팔을 들어 올리는 느낌이 들면 열중쉬어 자세로 연습했고, 땅에 발을 안 대고 차기도 하고, 왼발로만 차기도 했다. 학기가 끝날 무렵에는 찼다 하면 50개가 기본이었다. 중학생이 되면서부터 제기 같은 건 차지 않았다.

오랜만에 아기 띠를 벗고 제기를 손에 잡았다. 심호흡하고 다리를 올렸다. 세 개. 바람도 안 불었는데 겨우 세 개? 다행히 상대편도 세 개를 차서 재대결이다. 내가 다섯 개, 상대방이 한 개를 찼다. 승리의 기쁨을 만끽하며 아기 띠를 다시 허리에 채웠다. 요즘 초등학생들은 제기가 신기한지 시합이 끝나도 한참을 차면서 놀고 있었다. 팔이 다리에 맞춰 올라가는 아이, 점프하듯이 차는 아이, 태권도 발차기하듯 다리를 뻗어서 하나도 못 맞추는 아이가 있었다. 내 어릴 적과 똑같은 아이들. 콧물을 줄줄 흘리며 제기를 차던 내 친구들. 그런데 추억보다 중요한 사실이 있었다.

과거와 오늘의 아이들 모두 제기는 나보다 한참 못 찼다.

아까 혼자 아기에게 감기약을 먹일 때와는 달리 힘이 났다. 혼자서 계속 웃었다.

"우리 아이는 제기를 잘 찹니다." 상견례 때 아빠는 예비 사돈에게 스물아홉 살 딸을 이렇게 소개했다. 안 돼, 아빠, 제발. 그런데 둘째가 아파서 힘이 빠지는 요즘, 오랜만에 손에 쥔 제기의 촉감이 내게 힘을 주었다. 그날은 모처럼 고기를 다 먹고 밥까지 볶아 먹었다.

"내 말 듣지 마."

아빠는 이발사다. 열일곱 살 때부터 예순두 살인 지
금까지 손님들의 머리를 만지고 있다. 가게를 세 번
옮겼다. 두 번째 가게에서 세 번째 가게로 옮길 때쯤
핫도그를 팔던 동네 할아버지가 돌아가셨고, 세 번
째 가게를 연 지 5년 정도 지났을 때 매번 술에 절어
있던 슈퍼 주인아저씨가 돌아가셨다. 그해에 아빠도
암 진단을 받았지만 완치되었다.

　아빠는 평소에 정치적인 성향을 숨기지 못해서 이
발하다가도 손님과 다투곤 했다. 그러고 나면 손님
은 돋보기안경이나 모자 같은 걸 급하게 챙기고서는
인사도 없이 가게 문을 박차고 나가 버렸다. 화가 난
손님이 단번에 젖힌 문은 그 뒤에도 한참 열렸다 닫

히기를 반복하면서 왔다 갔다 했다. 그런데 그 손님
은 다음 달이 되면 어김없이 이발소로 돌아왔다. 돋
보기안경을 그대로 낀 채, 이발소가 여기밖에 없다는
듯이.

아빠가 평소에 하는 말은 어떻게 시작하건 세 가지
결론으로 마무리된다.

- 부모가 바르게 행동하면 자식이 결국 잘된다
- 교회든 절이든 열심히 다니면 도움이 된다
- 나는 좋은 아내를 둬서 복이 많다

아, 하나가 더 있다. 잊을 만하면 아빠의 얇은 입술
에서 나오는 말.
"내 말 들으면 안 된다. 내 말 들으면 나 정도밖에
안 돼. 나는 이발사고 집 한 채 있고 그럭저럭 먹고사
는 정도잖아. 너는 너 하고 싶은 대로 살아. 내 말은
듣지 마."

고등학생 때 학교 근처에 태권도장이 있었다. 한번
은 그 앞을 지나다 초등학생들이 발차기하는 모습을
보았다. 탕탕 하는 소리를 듣다 보니 배우고 싶어졌
다. 부모님께 말씀드리니 회비를 주셨다. 다음 날 학

교 선생님께 자율학습 시간에 태권도장에 가겠다고 말씀드리자, 선생님은 대답하는 대신 나를 위아래로 훑어보셨다. 그 눈빛이 뭘 의미하는지는 알고 있었지만, 나는 야간 자율학습 시간이 시작됨을 알리는 종이 치기 10분 전에 그냥 학교를 빠져나와서 태권도장에 갔다. 그렇게 3일 동안 야자를 빠지면서 다음 날 아침 조회 시간마다 회초리를 맞았다. 3일이 지나자 선생님이 한숨을 쉬며 집으로 전화하겠다며 교무실로 갔다. 수업이 모두 끝난 후 종례 시간에 다시 만난 선생님은 "너희 아빠 참 특이하시다"라는 말만을 남기고 교실을 떠났다. 그때부터 1년 동안 매를 맞지 않고도 태권도를 배울 수 있었다. 이발소에 가서 선생님한테 뭐라고 얘기했냐고 물어보니 아빠가 코를 닦으며 말했다.

"저희 아이는 대학 못 가도 선생님 탓 안 할 테니 야간 자율학습 시간에는 태권도를 보내 주세요." 아빠는 딱 그 말밖에 안 했다면서 심드렁한 표정을 지었다.

스무 살이 되고부터 일을 구하면 금방 그만뒀다. 그리고 또 새로운 일을 구했다. 휴대폰을 자주 바꾸고 요금도 직접 냈다. 영화관에서 야간 아르바이트를 했고, 병원에서, 부동산에서, 식당에서 시간만 되면 어딘가에서 갑자기 일을 시작했다. 그사이에도 가끔 식탁에서 마주친 아빠는 늘 똑같은 말을 했다.

"멋대로 살아. 너희 세대는 나보다 네가 더 잘 알겠지."

그래서인지 나는 결혼도 내 멋대로 했다. 남편과 처음 만난 지 2주 만에 결혼을 결정했고 3년 만에 두 아이의 엄마가 되었다.

"자유롭게 크니까 얼마나 좋냐. 이렇게 잘되었잖아."

어제 애들을 어린이집까지 태워다 주신 아빠는 왠지 신바람이 나 있었다. 잘되기는. 나는 창업도 실패했고 직업을 대여섯 번 바꾸는 동안 한 번도 잘된 적이 없는데? 게다가 경찰 공무원 시험 준비도 3년이나 하고 떨어졌는데?

그래도 뭔가 있기는 한 것 같다. 멋대로 자라서 좋은 점. 아마 스스로 결정하는 데 능하다는 거 아닐까 싶다. 지금까지 몇 번이고 '결정'이라는 단추를 직접 눌러 볼 수 있었다. 공무원 시험을 치겠다 마음먹고 학원을 고를 때에도 혼자 찾아가서 상담을 받아 보고 결정했다. 학원 상담실에는 학생 대신 부모님이 와서 설명을 듣고 등록하는 사람들도 많았다. 학생들이 성인이었는데도 말이다.

그렇게 스스로 선택한 결과, 시험에 합격했으면 더 좋았겠지만, 떨어졌다. 다른 수많은 선택도 실패했다. 결정권을 내가 가진다고 해서 반드시 성공하는 것은 아니다. 다만 그렇게 내린 결정으로 약속 장소로 나가면, 다른 일자리를 찾아 출근하면, 새로운 일들이 생기고 몰랐던 세계를 만난다. 어제와 전혀 다른 오늘의 경험이 쌓여 내가 나를 알아가는 데 도움을 주게 된 셈이다.

　확실히 더 선명한 사람이 되어 가고 있다. 이건 아빠 덕분이다.

나의 밤은 언제 펼쳐지나

저녁 장을 보고 난 뒤 첫째와 잉어빵을 먹으면서 걸었다.

"이거는 잉어빵이야."

"엄마야 이건 안에 꿀이야?"

"슈크림이야. '슈크림' 해 봐."

"수크임!"

"그래 잘했어. 이거는 슈크림이야. 꿀처럼 달콤하지. 한 개 더 먹을래?"

"네. 이거는 맛이 있어요."

집에 도착해서 아이의 신발을 벗기고 나면 그때부터 아이의, 아이에 의한, 아이를 위한 이야기로 거실이 가득 찬다. 양치해야지. 이제 씻자. 자기 직전에 사

231

탕은 안 돼. 동화책 읽어 줄까. 이제 티브이 그만 봐. 싸우지 마. 둘이 사이좋게 지내. 그래. 다 다인이 거야. 그래도 동생도 좀 가지고 놀게 빌려줘. 밥 더 먹어. 한 숟갈만 더 먹을까? 과일 깎아 줄까. 로션 바르자.

이사를 위해 냉장고 청소를 해 주시는 이모님을 불렀다. 그날도 바쁘셨던 이모님은 저녁 일곱 시에나 도착했다. 둘째는 그새 잠들었고, 첫째와 남편과 나, 셋은 티브이 앞에 나란히 앉아 뽀로로를 보고 있었다.

"제가 냉장고 청소하면서 아기 우는지 들을 테니 셋이서 외출하고 오세요. 깨면 바로 전화 드릴게요." 작년부터 보아 와서 이제 좀 친해진 이모님이 웃으며 말했다. 우리는 끝까지 괜찮다고 대답하면서도 어째서인지 떠밀려 나와 있었다. 동네의 저녁 풍경은 낯설었다. 우리는 계속 두리번거리며 3년 만에 집 근처 번화가로 갔다. 온갖 술과 고기를 파는 가게들을 구경하다가 기름이 튀지 않는 음식이 좋을 것 같아 보쌈집으로 갔다. 첫째는 생각보다 얌전히 계란찜과 보쌈을 먹었고 남편은 맥주를 마셨다.

"여보. 우리는 집 근처에 번화가가 있으니 밤에 가끔 나와서 술 한잔하면 좋을 거 같아요."

3년 전 결혼할 때 남편이 꿈꿨던 삶이었다. 30분 정도 지났을 때, 이모님에게서 전화가 왔다. 영상통화로 우는 아이를 달래며 집으로 달려갔다. 집에 도착해서 비밀번호를 누르는 동안에도 문밖으로 둘째의 울음소리가 새어 나왔다. 내가 들어가자마자 울음을 뚝 그친 아이를 아기 띠로 안고 다시 밖으로 나왔다. 그사이 더 깜깜해진 길 위에서 남편과 마주쳤다. 첫째가 가만히 있지 않아서 식당에서 나왔다고 했다. 그는 내 허리에 채워진 아기 띠의 찍찍이를 풀어 자신의 허리로 옮겨 붙이며 말했다.

"내가 둘 다 볼게요. 남긴 음식 치우지 말라고 이야기해 뒀으니 가서 마저 먹고 조금 놀다가 들어와요."
그는 집 앞 공원으로 애들을 짊어지고 갔다.

식당에 혼자 돌아가 남아 있는 보쌈을 먹고 거리를 걸었다. 결혼 전에는 매일 가던 거리였다. 1층보다는 2층을, 벽을 보는 자리보단 사람들을 쭉 둘러볼 수 있는 자리를 좋아했었다. 통유리를 좋아했고 나무로 된 의자와 책상을 좋아했다. 그때의 취향이 낯설게 느껴졌다. 가게에서 하나둘 나오는 사람들을 구경했다. 운동복을 입고 손을 잡고 걷는 오십 대도 있었고 약간의 거리를 두며 성실하게 이야기를 나누며 걷는 남녀도 있었다. 대학생처럼 보이는 남자 한 명과 여자 두 명이 웃으면서 치킨집으로 들어갔다. 딸을 데리고 거리를 종종걸음으로 지나치는 엄마도 있었다.

예전에 술자리를 함께했던 사람들이 떠올랐다. "건치네요." "잇몸이 예쁘세요."

통유리 술집에서는 지금도 그런 대화들이 오고 갈 것이다. "눈동자 색깔이 너무 예뻐요."

집에 돌아왔더니 열 시였다. 이모님을 보내고 아이들을 급히 재웠다. 애들이 잠든 방에서 나와서 작은 방 옷장에 붙은 거울을 보니 화장을 하지 않은 얼굴이 잿빛이었다. 이틀째 못 감은 머리칼이 머리에 딱 달라붙어 있었다. 거실에서 게임을 하고 있는 남편 옆으로 갔다.

"남편, 처음 우리 소개팅했던 날 있잖아요. 그날 저 보자마자 바로 반한 거예요?"

남편은 웃었다.

"아니요, 맥주 한잔하고 2차로 커피숍 가는 길에요. 옆에서 보는데 여보 웃는 게 예뻐 보였어요."

그날 맨정신에 본 밤의 세계는 반짝반짝했다. 다시 거기서 술잔을 앞에 두고 아무 걱정 없이 남편이 좋아하는 웃음을 짓게 될 날이 올까. 오직 내 이야기만을 안주 삼아서 말이다.

흰 재킷을 샀다

지난겨울, 크리스마스를 2주 앞둔 교회에서는 행사 준비가 한창이었다. 나처럼 아예 찬송가를 모르는 사람도 그날 부를 노래를 다 외웠을 무렵, 누군가 질문했다.

"우리 옷은 어떤 콘셉트로 입을까요?"

팀에서 가장 어린, 유일하게 20대인 친구가 대답했다.

"흰 티에 청바지 어때요?"

"무슨 학생부인가? 아기 엄마들은 흰색 옷 없어. 그냥 검은색 바지에 검은 티 어때요?"

두 아이의 엄마인 집사님이 말했다. 대부분 아이를 키우는 엄마였던 우리 팀원들은 위아래 검은색 옷에 찬성했다. 나도 검은 옷에 찬성해 손을 들었다. 시선을 아래로 내리니 얼마 전 산 검정 파카가 보였다.

둘째 출산 예정일이 다 되어갈 무렵, 남편이 몸조리할 때 찬바람이 들어가면 안 된다며 옷을 사러 가자고 했다. 스포츠 의류 판매점에 도착해서는 원하는 파카를 고르라고 했다. 짧은 파카와 긴 파카 중에서는 긴 파카를 선택했고, 다음으로 색을 고르며 나는 계속 혼잣말을 했다. "밝은색은 때 타니까……."

손으로는 밝은색 파카를 계속 만지작거리는 중이었다. 10분 정도 그렇게 서 있다가 확신에 찬 목소리로 말했다.

"이거 주세요!"

눈은 계속 밝은색 파카를 향한 채, 나는 검은색 파카를 가리켰다.

그날 교회를 마치고 집에 와서 옷걸이에 파카를 걸다가 내친김에 옷장 문을 열어 보았다. 옷장에는 검은색 무스탕, 검은색 짧은 파카, 카키색 털이 달린 야상, 그리고 남색 코트까지 네 벌의 겨울 외투가 있었다. 잠시 쳐다보다가 옷장 문을 닫았다. 얼마 전 드라마에서 손예진이 입고 있던 그 하얀 파카를 입는다면 음식물 쓰레기를 버리러 가는 길마저 즐거울 것 같았다. '손예진 파카'라고 검색하면 5분도 안 돼서 인터넷 주문이 가능하다. 하지만 막상 주문하려고 하자 또다시 망설여졌다. 아무리 예쁘다고 해도 이걸 내가 과연 감당할 수 있을까. 애 키우면서 흰색이라니…… 색깔이 점점 누레질 것 같은데.

몇 달을 고민하다가 결국 봄이 왔다. 겨울이 가고 나서도 미련을 못 버린 나는 아이들이 잠들고 나면 열심히 하얀 옷을 검색했다. 장바구니에 봄에 입을 흰색 재킷을 담았다가 결제는 못 한 채 아이들과 함께 잠드는 날들이 이어졌다.

2주 전 일요일이었다. 남편은 새벽부터 출근하고 아이들과 나는 느지막이 일어났다. 아침을 간단히 먹어서인지 아이들이 금방 배가 고프다고 해서 빵을 사러 나왔다. 빵집까지는 걸어서 왕복하면 30분 정도가 걸린다. 혼자 가기엔 괜찮고 아이 둘을 데리고 가기엔 좀 멀지만, 곧잘 걸어서 간다. 아이들은 지나가면서 보는 꽃마다 인사한다.

"귤색 꽃아 안녕? 사랑해. 다음에 다시 봐." 하고는 다음 꽃에게 또 인사한다.

"안녕 파란색 꽃아. 다인이는 이제 빵 사러 가야 해. 안녕."

가다가 사람을 마주치면 "여기 사람이 한 마리 있네. 안녕하세요"라고 인사도 한다. 그때마다 한 마리가 아니라 한 명이라고 바로잡아 주지만, 아직 첫째는 '마리'라고 했다가 '명'이라고 했다가 마음대로다.
"비가 안 오네. 비가 올 줄 알았는데 비가 안 오네"라
며 모퉁이에 피어 있는 민들레에도 말을 건다. 아이
들과 길을 걸을 때면 목적지가 빵집인지, 아니면 빵
집을 향하는 길인지 모르겠다.

　오늘은 다행히 빵집까지 잘 도착했다. 그런데 빵을
사고 돌아오는 길에 "내리막길이다!" 하고 첫째가 달
리는 걸 둘째가 보고 따라 하다가 넘어지고 말았다.
우는 둘째를 안아서 달래고 다시 걸었다. 집에 와서
빵을 조금 먹더니 아이들은 금세 잠이 들었다. 둘째
의 잠든 얼굴을 보고, 까진 무릎을 보았다.

　어렸을 적 나도 많이 넘어졌었다. 심하게 넘어져서
옷이 찢어진 적도 많았다. 참 용감하게도 달렸다. 잘
달리지도 못하면서 말이다. 멍하게 어렸을 적 무릎
의 상처를 떠올리다가 습관처럼 휴대폰을 켰다. 화면
에는 흰 재킷을 담은 장바구니의 결제 버튼이 며칠째
떠 있었다. 소파에 누워 천장을 바라보자 지난겨울
있었던 일이 떠올랐다. 흰 티셔츠를 입은 채로 둘째
를 업고 있을 때 아이의 손에 누군가가 딸기를 쥐여
주었고, 내 셔츠가 그대로 빨갛게 변했었다.
　이상하게도 그 생각이 들자 마음이 편해졌다. 아이

가 내 옷을 망가뜨린 건 그때가 마지막이었네. 게다가 외출복은 흰옷이 하나도 없었잖아. 4년 동안 거의 생기지도 않았던 일인데, 흰색 옷이 뭐라고 이렇게 겁내는 걸까.

마음은 점점 가벼워져, 주문 버튼을 누를 수 있었다. 상품 설명에 주문 폭주라고 쓰여 있던 게 허풍은 아니었는지 옷이 오는 데 열흘이나 걸렸다. 막상 재킷을 받아 보니 여러 상념이 오갔다. 흰옷을 산 것이 몇 년 만이었더라. 흰색 재킷은 난생처음이네. 예쁘네. 음. 누레지면 어떡하지.

남편은 흰색 셔츠를 입고, 토를 하고 온갖 것을 묻히는 아이에게도 분홍색 무스탕을 입힌다. 나도 당연히 원하는 옷을 입을 수 있다. 세탁하면 된다. 그래도 안 되면 용감하게 버리면 된다. 포기하는 것보다 원하는 옷을 입다가 버리는 편이 낫다. 어떻게 될지도 모르는 미래 때문에 지금 이 옷을 입고 싶은 기분을 희생하지 않기로 한다.

재킷을 산 지 2주가 지난 지금까지 아직 아무것도 묻지 않았다. 어린이집에 아이들을 데려다 줄 때는 티셔츠 위에 꼭 이 재킷을 챙겨 입는다. 비가 주룩주룩 오는 지금, 이 글을 쓰는 순간에도 나는 하얀 재킷을 입고 있다.

가위가 머리칼을
부드럽게 끊는 소리가 들린다.

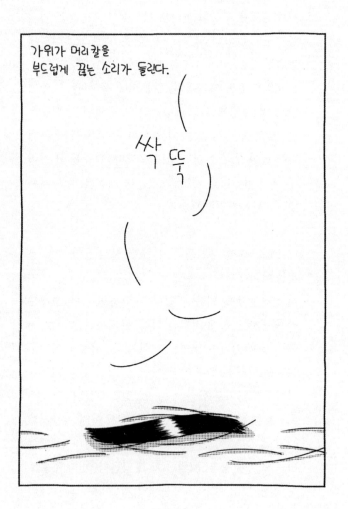

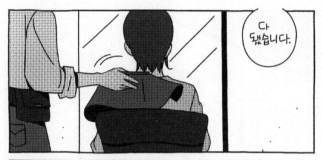

다 됐습니다.

분명히 결혼 전에는 쇼트커트가 꽤나 잘 어울렸던 것 같은데,

아…

거울 속에서는 낯선 여자가 나를 쳐다보고 있었다.

몇 년 만의 쇼트커트

가위가 머리칼을 부드럽게 끊는 소리가 들린다.

쇼트커트로 머리카락을 자르겠다고 마음먹은 건
어젯밤 열한 시였다. 다음 날인 오늘 아침 열 시로 미
용실을 예약했다. 전체적으로 뿌리 펌을 하고 뒷부
분 머리는 매직을, 앞머리에는 씨컬을 했다. 세 시간
동안 세 번 자리에서 일어나 머리를 감는 장소로 이
동했다. 머리 감는 게 제일 힘들었지만, 가만히 앉아
있는 것도 그것대로 힘들었다. 누군가와 주고받았던
카톡을 읽어보다가 더는 읽을거리가 없어서 네이버
뉴스의 제목만을 눈으로 훑고 있을 때 머리가 다 되
었다는 말이 들렸다.

"아……."

"마음에 안 드세요. 고객님?"

"화장하면 그래도 괜찮겠죠?"

"그럼요. 고객님. 지금도 너무 잘 어울리세요."

경력이 오래되어 보이는 미용사는 그 말을 끝으로 금방 다른 손님에게 갔다. 나 혼자 거울에 비친 머리를 다시 한 번 보았다. 분명히 결혼 전에는 쇼트커트가 꽤나 잘 어울렸던 거 같은데, 거울 속에서는 낯선 여자가 나를 쳐다보고 있었다. 머리 스타일이 아니라 얼굴이 문제인지도 모른다.

어쨌든, 어떤 방향이건 결론을 스스로 내리고 나면 기분이 한결 나아진다. 짧아진 머리를 하고 시내를 돌아다녔다. 시내에 나온 게 오랜만이다. 늘 동네 커피숍에 가서 글을 쓰고 산책은 공원이나 바다로 가니 번화가에 나올 일이 잘 없다. 나온 김에 혼자서 초밥을 사 먹고 그 건물에 있는 속옷 가게로 갔다. 얼마 전에 이사한 후로 브래지어가 어디로 갔는지 안 보여서 두 개로 버티다 보니, 결국 일주일에 3일 정도는 속옷 없이 지내던 차였다.

"어서 오세요."

"네. 저 출산한 지 얼마 안 돼서 지금 치수를 정확하게 알 수 없어서요, 혹시 측정하고 구매해도 되나요?"

통통한 여자 직원이 나에게 와서 치수를 쟀다.

"고객님, 지금 치수로는 밑 둘레가 71센티미터라
서요. 70B나 75A로 하시면 될 것 같아요."

"아니 전 원래 75B였는데……."

"출산 때문에 아마 작아지신 거 같아요."

너무 쉽게 답하는 점원의 말을 믿고 싶지 않았지
만, 그녀의 손에는 줄자가 있었다.

"네……. 그럼 그걸로 주세요."

예전보다 작아진 가슴과 이상한 머리를 하고 다시
밖으로 나왔다. 오랜만에 영화를 보러 가고 싶었다.
결혼하고 나서 영화관은 가끔 갔지만, DVD방은 완
전히 처음이었다. 결혼 전에 번화가로 나오면 늘 갔
던 DVD방이 있는 건물로 들어가 승강기를 타고 4층
버튼을 눌렀다. 도착해서 가게 문을 여니 100평이 넘
는 공간 바닥이 오로지 시멘트로만 채워져 있고 아무
것도 없었다. 잠시 그 삭막한 광경을 보며 몇 가지 생
각을 하고 다시 1층으로 내려왔다. 맞은편 건물 3층
에 있는 DVD방 간판이 눈에 들어왔다. 저기라도 갈
까. 하지만 막상 올라가 보니 개인 사정으로 쉰다고
써 놓은 종이만 가게 입구에 외롭게 붙어 있었다. 포
기하고 집으로 가려던 차 또 다른 DVD방 간판이 보

였다. 결혼 전 마지막으로 썸을 탔던 남자와 갔던 곳이다. 지하이기도 하고 입구가 철문이라 다시는 오지 않겠다고 마음먹었던 곳인데 간판 불빛이 반짝이고 있었다. 승강기가 지하에 도착하면서 내는 소리에 움찔 놀랐지만, 철문을 열고 들어가니 여자 직원이 있었다.

"안녕하세요. 혹시 이창동 감독의 〈시〉라는 영화 있어요?"

"오래된 영화죠? 네 틀어 드릴게요."

일자로 펼쳐진 복도에 방마다 문이 열려 있었다. 담배 냄새와 지하의 눅눅한 냄새가 섞여 속이 울렁거렸다.

"혹시 여기 담배 냄새가 많이 안 나는 관이 따로 있을까요?"

"아, 여기는 다 담배를 피우러 오시는 고객님들이라…… 그럼 다른 고객님들이 잘 안 가는 관으로 안내해 드릴게요."

"네. 감사합니다."

그곳에서 영화를 보았다. 틀자마자 물 위에 둥둥 뜬 시체가 등장했다. 안 그래도 무서운데 시체까지 나오고, 쿰쿰한데 깜깜하고. 결국, 중간에 영화관에서 나왔다. 언제부터 이렇게 다른 사람이 된 걸까. 친정 엄마처럼 시장에 가서 말린 생선을 사는 일은 아직도 하지 않지만, 주기적으로 마트에 가서 식료품을 사고 아이들을 위해 동네 놀이터를 간다. 전자 기기 파는 곳에서 우연히 마주한 전 남친을 어정쩡하게 스쳐 지나왔을 때와 비슷한, 어딘가 낯선 기분이 들었다.

요즘은 뭔가를 매일 해치우는 게임을 하는 듯한 기분이 든다. 나는 이 싸움에서 칼이 없이 방패만을 사용하는 것 같다. 늘 뒤늦게 깨닫기만 한다. 아이를 낳고 나서야 그 존재의 소중함에 대해 알게 되었고, 결혼하고 나서야 같이 산다는 게 어떤 뜻인지 알게 되었다. 결혼한 뒤 3년이 지나고서야 미지근한 걸 잘 마시지 않는 남편을 위해 콜라와 물을 냉장고에 넣었다. 필라테스는 등록해 놓고 3개월째 나가지 않다가 아버님이 아프시고 나서야 다니기 시작했다. 수년간 늘 미뤄 왔던 운전은 아이들이 어린이집에 다니면서 시작했다.

꿈꿨던 것과는 다른 삶이다. 가슴이 작아진 것도 그렇지만 서른넷에 아이가 둘이나 있을 거라고는 상상도 못 했었다. 게다가 남편의 외벌이로 몇 년을 보내게 될 줄도 몰랐다. DVD방을 몇 년씩 안 가게 될 줄도 몰랐고, 이곳 특유의 냄새를 견디지 못하게 될 줄도 몰랐다. 해야 할 일들을 내 느린 속도로 방어하다 보니 다른 쪽으로는 관심조차 못 가지게 된 걸까.

이렇게 과거는 멀어지고 현재가 익숙해진다. 물론 여전히 예전과 똑같이 못 하는 일들이 있지만, 그래도 쉬지 않고 페달을 밟으며 어디론가 가고 있다. 오늘 외출은 실패였지만, 평소처럼 간간이 떠오르는 걸 메모했고, 아이들을 어린이집에 제시간에 데려다 주고 또 데리고 왔다. 밤에는 저녁 비슷한 걸 차려 주고 밥을 먹지 않는다며 아이들을 혼내기도 했다. 그렇게 시간을 보내고 나면 내 옆에서 애들 둘이 자고 있다. 지금 내 삶에서 매일 하루는 이렇게 끝난다. 나는 느리다. 대신에 반복을 미워하지 않는다. 멈추지 않는다. 무언가가 쌓이고 있다. 그게 내 삶이 바뀌어 가는 방식이다.

요가는 좀 별로던데

둘째를 출산하고 산후조리원에 있을 때였다. 티브이는 계속해서 같은 드라마를 보여 주고 있었다. 주인공 여자의 얼굴이 주기적으로 다른 사람의 얼굴로 바뀌는 드라마였다. 문득 이 드라마의 9회만 다섯 번이나 본 걸 깨닫고 티브이를 껐다. 대신 휴대폰을 켜서 가장 궁금한 걸 검색했다.

'산후 운동은 언제부터 가능한가요'
'산후 다이어트'
'산후 다이어트에 좋은 운동'

산후가 들어가는 글의 제목은 모두 파란색이었다가 읽었다는 표시인 빨간색으로 바뀌었다. 출산 후에는 요가가 좋다는 글이 많아서 이번엔 키워드로 '요가'를 검색했다. 〈효리네 민박〉에서 이효리가 요가에 대해 말하는 방송도 보았다. 정신과 신체의 균형을 맞춰 주고 다이어트까지 되다니, 알면 알수록 요가는 최고의 운동이었다. 그런데 생각해 보니 나도 예전에 요가 수업을 들은 적이 있었다. 문화센터에서 진행한 임산부 요가 수업이었는데, 두어 번 가다 말았다. 따라 할 수가 없고 집중도 안 돼서 주위만 두리번거리다가 수업이 끝났던 기억이 났다. 그때 나는 뭘 잘못한 것 같은 기분이었다. 이렇게 모두가 요가를 예찬하는데 요가가 틀렸을 리가 없잖아. 단체 말고 개인 수업을 들으면 집중할 수 있지 않을까. 며칠 뒤 블로그를 운영하는 예쁜 요가 선생님을 찾아냈다. 수도꼭지를 틀었다 닫았다 하듯 감정 조절이 되는 것 같은 글과 몸, 표정을 가진 사람이었다. 홀리듯 그 선생님의 전화번호를 저장했다.

선생님은 기대만큼 좋았다. 갑자기 비염 증상을 보이는 나에게 아로마 오일을 아낌없이 맡게 해 주고, 종종 어깨도 마사지해 주었다. 삶 자체가 요가라고 알려 주는 듯한 잔잔한 목소리도 좋았다. 작은 오피스텔에서 선생님과 둘이서 진행하는 수업은 저절로 치유되는 분위기로 가득했다. 문제는 내 안에 있었다. 이상하리만큼 집중할 수가 없었다. 손끝에 온 정신을 집중하라고 하면 아까 남편과 맛있게 먹었던 초콜릿 케이크가 떠올랐고, 온몸을 툭 내려놓고 머릿속을 비우라고 하면 늘 집에 가서 해야 할 일들이 떠올랐다. 먼저 첫째 간식부터 줘야지. 아니야. 이런 생각 좀 하지 말자. 분홍 코끼리 이야기 같잖아. 분홍 코끼리를 떠올리지 마세요. 분홍 코끼리. 분홍…….

"지금 마음이 어떠세요? 행복하세요?"
이런 질문도 난감했다.

행복하다고 대답했지만, 사실 그냥 그랬다. 동작하면서 자연스럽게 감정을 느끼고 싶었는데 굳이 그런 질문과 대답을 하는 게 불필요하다고 느껴졌다. 차라리 짜파게티를 좋아하냐고 물었다면 짜장범벅을 제일 좋아하고 짜파게티는 그다음이라고 금방 대답했을 텐데, 마음이라고 하니 어디서부터 어떻게 표현해야 할지 알 수가 없었다. 게다가 자연스럽고 유연하게 움직이지 못하는 몸도 집중을 방해했다. 유연한 자세를 취한 선생님이 뱉는 말, "요가는 얼마나 유연한가를 견주는 운동이 아니에요" 그 결론 역시 받아들일 수 없었다.

이런저런 동작을 하다가 허리가 아프다고 하면 선생님은 허리가 아니라 마음이 문제라고 했다. 무슨 말인지는 모르겠지만, 알게 될 거라 믿었다. 그래서 무려 열 번이나 수업을 들었다.

"진짜 요가 너무 좋지 않아요?"
요가를 한다고 하면 주위 사람들이 하나같이 물었다. 아, 네, 진짜 너무 좋은 것 같아요.

힘겨운 야간 근무를 끝내고 아침에 돌아온 남편에게 물었다. "저 나갔다 와도 돼요?" 운동복을 입은 채 거실을 서성이는 나를 본 남편은 웃으며 다녀오라고 했다.
주부들이 보통 아침을 준비하는 시간에 근처 공원을 뛰었다. 달리는 동안에는 머릿속이 깨끗해진다. 마음이 어떤지는 여전히 잘 모르겠지만, 엉덩이 살이 덜렁덜렁 움직이는 느낌이 좋다. 아무 생각이 없다. 그냥 저기까지 뛰어야지. 다음엔 조금 더 뛰어야지. 내가 좋아하는 걸 내가 하고 싶은 만큼 해야지.

이제 나는 요가를 사랑하지 않는 이유를 안다. 그냥 내 취향이 아니었다. 인생의 많은 수수께끼는 의외로 간단한 방법으로 풀 수 있는지도 모른다.

감정은 일시불로 처리합시다

일곱 살 때 썩은 이가 많아서 치과에 가 마취 주사를
맞았다. "마취 주사를 이렇게 잘 맞는 일곱 살은 처음
보네. 너 참 씩씩하다." 의사 선생님 말씀이 맞았다.
나는 오빠가 동네 또래 남자애와 격투기 시합을 시킬
때도 울지 않는 아이였다. 발로 차일 때는 아팠지만
울면 지는 거라 믿었다. 그런 식으로 지고 싶지는 않
았다.

　스무 살에 첫 이별을 하던 날도 비슷했다. "이제 진
짜 그만하자." 그는 내가 불러낸 술자리에 앉자마자
테이블에 있던 소주를 과일 화채에 부었다. 먹지도
않은 화채가 넘칠 듯 찰랑거리는 걸 보고 '진짜 헤어
지는구나' 생각했다. 울지도 않고 매달리지도 않았
다. 다만 그날따라 설사가 계속 나와서 화장실만 들

락거렸다. 그의 앞에서는 조곤조곤 사귄 동안의 추억을 말하면서 예쁜 이별을 진행하고, 틈틈이 화장실에 가서는 울면서 똥을 쌌다. 군인이었던 그는 술집에서 나오면서 자기 군번줄을 내 손에 쥐여 주었다. 내게 가을밤은 유독 더 어둡다. 한 해 전 봄에 시작한 연애는 그 가을에 끝이 났다.

아니, 끝은 났는데 그걸 인정할 수 없었다. 집에 찾아가서 다리를 붙잡고 매달리는 상상도 했지만, 겁쟁이였던 나는 그게 쓸데없는 짓이라 생각하고 실행하진 않았다. 그때부터 술을 마시기 시작했다. 매일 술을 마신 다음 관광 명소에 가듯 택시를 타고 그가 사는 아파트 앞에 갔다. 편의점을 하나 끼고 있는 주변을 몇 바퀴 돌고 다시 집으로 가면 잠을 잘 수 있었다. 그 짓을 3년 정도 하다 보니 언젠가부터 그의 집 근처에 가지 않아도 잠잘 수 있었다. 특별한 계기도 없이, 그냥, 갑자기 그렇게 되었다. 내 다이어리에 더는 그 이름이 등장하지 않고, 술을 마셔도 굳이 떠올리지 않게 되었음을 뒤늦게 알아차렸다.

지금은 결혼해서 아이를 키우고 있다. 원래부터 아이를 잘 키우는 편은 아니었지만, 요즘에는 코로나 때문에 더 어렵다. 그런 기분이 드는 날에는 간만에 머리를 감아도 우울하다. 며칠 전에는 어머님이 갑자기 찾아와서는 집이 너무 더럽다고 핀잔을 줬다. 더러운 건 사실이었는데, 그날따라 왠지 억울했다. 아침에 모처럼 집을 깨끗이 치웠는데, 아이들이 순식간에 어질러 놓는 걸 어떡해.

그날 퇴근하고 들어오는 남편에게 "집이 더럽대요, 어머님이."라고 말하니까 그는 집이 더러운 건 사실인데 그걸 왜 기분 나빠 하냐는 식으로 반문했다. 그 말에 눈물이 나왔다. 남편은 눈물을 보고는 놀라서 덥석 나를 안았다.

"내가 원래 집이 깨끗했다는 게 아니라……. 당장 오늘 아침에도 청소했는데 흑 갑자기 흐흐그엏머댄해대흑흑어뜩개……."

울면서 계속 뭐라고 말하는 내가 웃겼는지 남편이 웃어 버렸고, 나도 금방 따라 웃었다. 남편은 눈물을 닦아 주며 우울할 땐 역시 치킨이라며 내게 휴대폰을 건넸다. 배달 앱을 켜서 치킨을 고른 뒤 일시불을 체크하는 순간 역시 결제는 일시불이다 싶었다. 뭐든 한방에 내야 해.

울어 보고서야 알게 되었다. 울지 못해 남은 응어리는 어떤 방식으로건 지불해야 한다. 때로는 이자까지 톡톡히 쳐야 한다. 스무 살의 가을에 흘리지 못한 눈물을 몇 년에 걸쳐 갚았던 걸까. 이제는 감정을 할부로 결제하지 않고 일시불을 선택한다. 첫 이별의 순간을 떠올린다. 그때 헤어지고 싶지 않다며 울고불고 매달렸으면 어땠을까. 결과는 달라지지 않았겠지만, 그 뒤의 3년은 달라졌을지도 모른다.

겁쟁이는 울지 못한다. 나는 울보가 되고 나서 씩씩해졌다.

걱정 마, 곧 다시 올 거야

부처님 오신 날 어머님께서 집에 오셨다. 아이 둘을
봐 줄 테니 자유 시간을 가지라며 부처님 같은 말씀
을 하셨다. 코로나 때문에 아이들을 집에서만 돌보
느라 두 달째 외출을 못 했던 나는 그 말이 끝나기가
무섭게 체크 원피스에 머리를 집어넣으며 화장품을
찾았다. 오랜만에 아이라인을 그려서 진해진 눈매가
좋았다. 아파트 정문을 향해 걷다 보니 얼마 전까지
보라색 꽃이 피어 있던 화단에는 이제 녹색이 가득했
다. 대낮의 볕에 비친 초록 잎들이 낯설게 느껴졌다.

택시를 탔다. 기사님께 태화강 옆에 있는 롯데시네
마로 가 달라는 말만 남기고 멍하게 창밖을 보았다.
햇살은 택시 유리창 너머로도 들어왔다. 날씨 참 좋

네. 도착하면 뭐라도 사 먹을까. 한참 동안 뭘 먹을지 고민하다가 창밖을 보니 낯선 건물들이 보였다.

"기사님, 이 방향 아니지 않아요? 저 태화강 옆에 시네마 간다고 했는데."

"아, 태화강역 옆에 있는 시네마 아니고? 아이고, 미안하네. 이거 어떡하지."

다른 길로 가는 걸 왜 한참 깨닫지 못했을까. 계속해서 미안하다고 말하는 기사님께 괜찮으니 다시 출발해 달라고 답했다. 이번에는 목을 쭉 빼서 태화강쪽으로 가는지 확인했다. 그러고 나서야 휴대폰으로 듣고 싶은 음악을 골랐다. 5분 만에 목적지에 도착했다. 택시비를 내려고 보니 휴대폰 케이스 겸 지갑의 카드 칸에 아무것도 없었다. 노트북 케이스와 다이어리를 뒤졌지만, 거기에도 없었다. 숨을 깊게 들이마시고 가방 안의 물건을 하나씩 천천히 꺼내 가면서 뒤졌지만 오래된 영수증 몇 장만 나왔다. 잘 찾아보라며 걱정해 주시는 기사님의 시선이 백미러를 통해 느껴졌다. 갑자기 속이 울렁거렸다. 몇 번을 더 뒤져도 결과는 똑같을 것 같아 카드 찾기를 포기하고 기사님께 다시 집으로 가 달라고 부탁했다. 택시가 집 앞에 도착하자마자 17,000원을 계좌로 이체했다.

아이들은 할머니와 외출해서 집에는 남편만 있었다. 카드가 없어졌다고 말하자 그의 얼굴이 굳었다. 잃어버린 카드는 재발급 받은 지 일주일밖에 안 된 새 카드였다. 사실 신분증도 없어진 지 며칠 되었는데 도대체 어디로 갔는지 감도 잡지 못하고 있었다. 나는 왜 이렇게 물건을 잘 잃어버릴까.

소금에 절인 배추처럼 소파에 널브러지니 남편이 조심스럽게 다가와 속삭였다. 분실 신고부터 해야 하지 않겠어요……. 괜히 거실 입구에 놓여 있던 가방을 뒤집어 내용물을 바닥에 쏟아부었다. 둔탁한 소리를 내면서 노트북과 다이어리가 나오고, 영수증과 껌 껍질이 천천히 공기를 타고 떨어졌다. 카드는, 있었다. 거짓말처럼 다이어리 맨 앞면에 꽂혀 있었다. 기쁘고 슬펐다. 도대체 정신을 어디 놔두고 사는 걸까.

스스로 책망하는 사이 아이들이 돌아왔다. 어머님은 애들이 차에서 한숨 잤으니 지금쯤 배가 고플 거라고 전해 주시고는 바로 가셨다.

오후 다섯 시, 아이들과 아파트 단지를 걸으면서 평소처럼 해가 지는 모습을 바라보았다. 꽃과 나무도 보았다. 아이들의 눈과 손도 물끄러미 쳐다보았다. 어느 순간 불어온 바람이 팔과 얼굴을 훑고 지나갔다. 그 지나간 방향을 바라보고 있으니 아이들이 종알거리는 소리가 들렸다. "예쁘다." 아이들은 꽃을 보고 있었다. 그러다 햇빛이 잠깐 구름에 가리자 첫째가 둘째에게 말했다.

"해님이 사라졌네. 걱정 마, 아기야. 곧 다시 올 거야."

집에 도착하니 둘째가 자신이 똥을 쌌다는 걸 알려주려고 기저귀 뒤로 손을 넣어서 자기 똥을 꺼냈다. 둘째의 손톱에 낀 똥부터 빼내고 엉덩이를 씻긴 뒤 아프지 않게 수건으로 톡톡 마무리해 기저귀를 다시 채웠다. 그새를 못 참고 어딘가로 가려고 바동거리는 다리를 붙잡고 바지까지 입혔다.

그날은 그렇게 막을 내렸다. 카드는 무사히 돌아왔고, 익숙하게 아이의 똥 기저귀를 간 걸 보면 내 정신머리도 돌아온 모양이었다. 게다가 선물도 하나 받았다. 나는 계속 귓가를 맴도는 첫째의 목소리를 마음속에 잘 넣어 두기로 했다. 마음이 울렁거리려 할 때마다 꺼내 볼 수 있도록.

걱정 마. 곧 다시 올 거야.

심야의 순간 이동

어제는 저녁밥으로 치킨을 시켰다. 요즘 들어 둘째는 고집이 장난 아니다. 빨대 컵을 갖다 주면 울면서 던져 버리고 언니의 뽀로로 컵으로 손을 뻗는다. 야무지게 손잡이를 잡지만 턱에다 컵을 대고 마시니 물은 입에 한 방울도 안 들어가고 줄줄 흐른다. 옆에서 보면 가관이다. 게다가 며칠 전부터는 아기 의자도 거부하고 식탁 의자에 앉으려 한다. 오늘도 식탁에서 첫째 옆이던 내 자리를 둘째에게 양보했다. 남편은 아이들의 반대쪽 벤치 자리에 앉고, 결국 나는 그 옆에 선 채로 뜨거운 치킨을 후후 불어 아이들이 먹기 좋게 살을 발랐다. 그 몇 분을 참지 못하고 첫째가 둘째를 밀어 의자에서 떨어뜨렸다.

"동생한테 뭐 하는 거야 지금! 그리고 세아는 아기

의자에 가서 앉아!"

남편의 큰소리에 둘째가 울음을 터트렸다. 나는 둘째를 달래는 동시에 밥 빼고 치킨만 달라는 첫째의 주문을 들어주었다. 남편은 남편대로 허겁지겁 닭 다리를 뜯고 있었다. 본인이 서둘러 식사를 마쳐야 내가 먹을 수 있다는 걸 알기 때문이다.

"이제 먹어요."

"벌써요?"

마지막에 입에 넣은 치킨을 아직 다 삼키지도 못한 남편은 서둘러 양념이 묻은 손을 씻고 아이들의 치킨을 뜯을 준비를 했다. 그제야 나도 치킨을 한 조각 맛보았다. 정신없는 저녁 식사가 끝난 후에는 아이들이 먹다 흘린 밥과 치킨 조각을 줍고 바닥을 닦았다. 첫째가 오줌을 싸서 벗어 놓은 바지와 수건, 양말을 모아서 세탁기에 넣고 돌렸다.

이제 식탁과 싱크대 위를 치울 차례인가, 라고 각오를 다지고 있을 때 아이들이 종이컵이 가득 들어 있는 상자를 들고 다가왔다.

"엄마, 우리 종이컵 쌓기 놀이해요."

주방을 치우는 대신 종이컵을 쌓았다. 내가 종이컵을 높이 쌓으면 아이들이 부수는 놀이다. 몇 번이고 쌓은 공든 탑을 몇 초 만에 무너뜨리던 두 아이는 이제 종이컵 상자가 둘만의 집이라며 상자 안으로 들어갔다. 의좋은 고양이처럼 좁은 상자에서 사이좋게 잘 노는 시간은 길지 않았다. 첫째가 마음이 바뀌었는지 막혀 있던 상자 한쪽을 뜯어서 베란다를 만들고는 가차 없이 둘째를 그리로 밀었다. 얘가 내 딸이라니. 울음이 터진 둘째를 안고 보니 어느새 아홉 시 반이었다.

싸움은 싸움이고 이제 잘 준비를 해야 한다. 칫솔질을 시키고 입을 헹구게 했다. 둘째는 기저귀를 갈았다. 열 시쯤 안방으로 데리고 들어갔다. 그러면 잠을 자는 게 아니라 2차전이 시작된다. 아이들은 침대에서 방방 뛰면서 서로의 얼굴을 보고 '까꿍' 하며 웃었다. 첫째는 몇 번씩이나 둘째를 데리고 부엌에 가서 물을 마시고 왔다. 오늘따라 더 잘 생각이 없어 보이는 자매는 머리카락이 땀 범벅이 되어서야 잠이 들었다. 팔베개를 빼고 휴대폰을 켜 보니 자정이었다. 옆방에서는 남편의 코 고는 소리가 들렸다.

거실로 나와서 식탁을 보았다. 한쪽 모서리에는 아까 내가 벗겨 놓은 치킨 튀김 껍질이 산처럼 쌓여 있고, 그 옆에는 아이들이 흩뿌려 둔 물과 치킨 양념이 그대로 남아 있다. 거기서 시선을 거두고 식탁 위에서 그나마 깨끗해 보이는 자리에 앉아 다이어리를 펼쳤다. 빈 페이지에 딱 1년 뒤인 2022년 3월 22일 날짜를 적고 써 내려갔다.

> 1년 뒤에는 코로나도 사라지고 없겠지. 아마 둘 다 어린이집에 다닐 수 있을 거야. 아직 '엄마' 밖에 못 하는 둘째가 그때쯤 되면 첫째처럼 남편에게 '아빠 힘내세요' 노래로 놀려 주겠지. 난 운전을 지금보단 잘하겠지? 아이들이 어린이집에 간 사이에 차를 타고 서점도 들르고 독서 모임에도 나갈 수 있을 거야. 영화관에서 애들 없이 편안하게 영화도 봐야지. 내년이 면 이 글이 책이 될 수 있을까. 내 글이 책이 되어 사람들에 게 위로가 될 수 있었으면 좋겠다.

그렇게 식탁 앞에서 1년 후를 상상했다. 가끔은 1년 뒤가 아닌 10년 뒤나 20년 뒤가 떠오르기도 했다. 볕이 잘 드는 커피숍 창가 테이블에서 아이들은 그림을 그리고 나는 글을 쓰고 있을 것 같다. 나만큼 키가 훌쩍 자란 아이들과 회를 같이 즐길 수도 있을 것이다. 아이들이 중학생이 되면 수업 과제를 시켜 놓고 남편과 둘이서만 동네 산책하러 살짝 나갈 수도 있겠지.

순간 이동을 끝내고 집을 둘러보니 첫째가 쓰는 변기통이 보였다. 지난달까지만 해도 기저귀를 하고 있었는데 지금은 "자, 쉬 하자"라며 팬티를 내려 주면 열에 일곱 번은 변기에 쉬를 한다. 한때는, 첫째가 언젠가 기저귀를 떼고 변기에 쉬를 하는 게 꿈이었다. 그 미래가 바로 지금이다.

 다 치우지 못했던 식탁을 말끔히 치우고 살금살금 방으로 들어가 보니 두 아이가 팔을 서로에게 올린 채 자고 있다. 미래의 한 조각은 이렇게 채워졌다.

그다음은 없어요

남편은 요즘 다시 게임에 빠졌다. 원래 하던 야구 게임의 새로운 버전이 나왔기 때문이다.

"아니, 이거 왜 이렇게 안 되죠. 새로 나오면서 너무 어려워졌어요."

내가 보기에는 똑같은데, 남편은 완전히 달라졌다면서 유튜브 영상을 보기도 하고 인터넷 여기저기 검색하면서 이 게임을 잘하기 위한 정보를 찾았다. 어떤 날은 의자의 팔걸이 부분에 게임 방송을 켜 놓고 간간이 쳐다보며 손으로는 자기 게임을 했다. 내 책상에는 이사한 뒤로 창고에 넣어 두었던 여분의 티브이 한 대가 계속 올라오기 시작했다. 나는 그걸 치우고 글을 썼고, 게임을 해야 하는 남편은 다시 내 노트북을 치우고 티브이를 올렸다. 그럼 또 내가 티브이를 치우고 노트북을 올려놓았다.

남편은 교대 근무를 한다. 야간 주에는 밤새 일을 하고 아침 일곱 시쯤 집으로 온다. 여덟 시쯤에 내가 일어나면 남편은 벌써 게임을 하고 있다. 오후 출근일 때는 밤 열한 시에 퇴근해서 가족 모두가 잠든 새벽녘까지 툭툭 게임기를 조작하는 소리가 들린다. 이번 주는 야간 주다. 아침에 일어나 비몽사몽인 채로 내 방(이지만 남편의 티브이가 올려져 있는 곳)으로 들어갔다. 남편의 등에 아침 인사를 걸었다.

"게임 진짜 열심히 하네요. 전 9월까지 책을 낼 테니까 남편은 9월까지 그 게임을 좀 더 잘하도록 하세요."

뒤돌아서서 일어났냐며 멋쩍게 웃던 남편이 대꾸했다.

"근데 여보는 글을 쓰고 나면 책을 내는데, 제가 이 게임을 잘하게 되면 그다음에는 뭐예요?"

"그다음이요? 그런 게 있을 리가……."

팔을 살짝 나풀거리며 웃으면서 답하고 나니 그런 생각이 들었다. 그다음이라는 게 있을까. 새벽녘 모두가 잘 때도 게임을 하는 마음, 같은 시간 글을 쓰러 가는 행동. 돌이켜 보면 남는 건 그 순간, 매 순간뿐이다. 정상에 올라가는 게 '그다음'이라고 믿었던 적도 있었지만, 먼저 그곳에 올라선 사람들을 만날수록 그게 다가 아님을 알게 되었다. 나는 경찰을 목표로 공부했었지만 이미 경찰이 된 사람들은 또 다른 자신만의 '그다음'을 위해 움직이고 있었다. 그러니까 진정한 그다음, 종착지로서의 그다음 같은 건 존재하지 않았다. 나는 이제야 그 사실을 깨달았다.

요즘 남편은 지친 몸으로 게임에 대해 찾아보고 알아보면서 좀 더 잘하려고 노력한다. 나도 여러 사람의 글을 읽으면서 나름대로 분석하고 있다. 글을 더 잘 쓰기 위해서다. 우리는 그 과정에서 무언가를 얻기도 하고 버리기도 하면서 시간을 이어간다. 나는 남편이 아이들 앞에서 게임을 하는 건 싫어하지만, 본인의 자유 시간을 어떻게 보내는지는 남편 마음이라 생각한다.

방에서 나가면서 남편의 등에 대고 다시 한 번 웃으며 말했다.

"남편만 없는 게 아니라 저도 없어요. 그다음 같은 건……."

그러고는 남편의 등과 연결된 어깨와 팔을 한 번 더 쳐다보았다.

탁상 달력에는 오늘과 구별된 내일의 날짜가 적혀 있다. 그러나 실제로는 대개 그저 많은 오늘이 반복될 뿐이다. '그다음'이 찾아오더라도, 그러니까 어려워진 야구 게임을 잘하게 되거나 책을 출간한 뒤에도, 우리는 이 하루를 그대로 반복할 것이다. 나는 책상 위에 노트북을 올려 글을 쓰고, 남편은 노트북을 치우고 티브이를 얹고 나서 게임을 시작할 것이다.

나는 문지방에 비스듬하게 선 채로 주위를 두리번거렸다. 평소와 똑같은 아침이 어째서인지 새삼 새롭게 느껴졌다. 게임을 하는 남편의 모습과 이 아침의 집 안 풍경을 정확하게 기억하고 싶었다. 어제는 티브이 옆에 물이 있었고 오늘은 콜라가 있다. 매일은 반복된다. 그리고 아주 조금씩 달라진다.

울 수 있는 사람이 되었다

둘째를 낳고 처음으로 가족여행을 갔다. 출발하기 전
뒷좌석에 있는 아이의 카시트 안전벨트를 채우다가
운전석 뒤 공간에 꽂아 놓은 커피를 건드려 쏟았다.

"아 차가워."

내 말이 끝나기가 무섭게 남편이 짜증을 냈다.

"아, 차에 다 흘렸네. 진짜. 조심 좀 하지."

"아니 내가 일부러 그런 것도 아니고, 애들 챙기다
그런 건데⋯⋯."

바로 눈물이 쏟아졌다. 남편이 당황한 표정으로 나
를 안아 주었다.

"미안해요. 여보, 옷도 젖었어요? 괜찮아요?"

카시트에 앉아 있던 아이도 거들었다.

"엄마 아야 했어? 밴드 붙일까?"

소나기처럼 왔던 눈물은 1분 만에 들어갔다. 아이들이 좋아하는 동요와 남편이 좋아하는 오마이걸 노래를 번갈아 들으며 해운대에 도착했다.

호텔에 짐을 풀고 아쿠아리움까지 걸어갔다. 바닷가 옆길로 운동하는 사람들과 여유롭게 커피를 마시는 커플들을 보았다. 조용하고 평화로운 세상이었다. 저녁에는 호텔 안 수영장에서 물놀이를 했다. 저녁까지 먹고 나자 딸과 남편은 피곤했는지 방에서 바로 잠이 들었다. 같이 잘까 하다가 시계를 보니 아직 아홉 시였다. 혼자 밤 바다를 보러 나왔다. 파도 소리를 들으며 보이지 않는 바다를 바라보았다. 바닷물은 까맣게 변했고 운동을 하던 사람들도 모두 사라졌다. 대신 형형색색 옷을 차려입은 많은 커플이 바다 앞을 거닐었고, 빛 축제가 열린 저편에서는 파랗고 빨간 빛이 반짝거렸다. 밤의 바닷가에서는 다들 들떠 보였다. 낮과 밤은 서로 다른 세계인 걸까. 파도 소리를 계속 듣다 보니 결혼 전에 살았던 세계가 떠올랐다.

그 세계에서는 '미스터피자'가 일주일에 두 번 정도 등장했다. 일하던 휴대폰 매장의 컴퓨터 책상 앞에서 그 피자를 먹었다. 한번 시킬 때 두 판을 주문해서 질릴 때까지 피자만 먹었다. 손님이 커피를 들고 매대 앞으로 오면 할 일이 있더라도 일단 대화를 시작했다. "왜 이렇게 얼굴이 빨개요. 오늘 화장이 이상하네요." 이런 질문인지 아닌지 알 수 없는 이상한 말을 들어도 일일이 웃으면서 대답해 주었다.

커피숍에 가면 메뉴판도 보지 않고 "아이스 아메리카노 한 잔 주세요"라고 말했다. 끊임없이 커피를 마셨다. 아침에는 머리 말릴 시간도 없이 일하는 곳으로 뛰쳐나갔다. 집에서는 잠만 잤다. 쓰러지듯이 잤다. 그때 만나고 있던 남자는 여자가 많아서 다른 약속을 다 끝내고 나서야 나에게 왔다. 나는 커피숍에서 새벽까지 그를 기다렸고, 그가 근처에 왔으니 나와 보라고 하면 5분도 되지 않아 그에게 달려갔다. 괜찮은 척 웃는 게 쿨한 거라고 믿었다. 우는 건 내게 부끄러운 일이었다. 그는 미안할 때면 나에게 꽃다발을 주었다. 꽃다발을 들고 바다에도 자주 갔지만 별 의미 없었다.

예전의 세계에서 내 생리대를 채웠던 검은 피들은 아마도 그때 그곳에 여전히 존재할 것이다. 새벽까지 술을 마시고, 제때 잠을 자지 못했던 날들. 기타 소리가 나는 노래 세 곡을 반복해서 들으며 잠을 기다리다가 푸르스름한 하늘을 마주쳤던 시간. 그때보다

건강해진 지금의 나는, 더 이상 검은 피가 나오지 않는다.

아이들과 남편이 있는 침대로 가서 조용히 옆에 누웠다. 지금의 세계에는 내가 울면 바로 안아 주는 가족이 있다. 나는 이제 바다를 보면 바다가 예쁘다고 느낀다.

시댁은 아무것도
묻지 않는다

남편은 물론이거니와 아버님과 어머님 모두 별달리 '묻지 않는' 가족이었다. 갑자기 등장한 내가 만난 지 한 달도 안 돼서 아들과 결혼하겠다고 찾아갔는데도 말이다. 어디 대학을 나왔고 하는 일이 뭔지 뭐 그런 것들에 대해 일절 묻지 않으셨다. 그저 "오느라고 고생했다"고만 말씀하시고는 계속 눈앞에 놓인 음식만 많이 먹으라고 권하셨다. 처음에는 이렇게 하시다가 나중에는 바뀌겠지 생각했지만, 그게 5년이 되었다.

"밥하는 건 아무것도 아니다. 이것만큼 쉬운 게 어디 있다고."

아직 시댁에 몇 번 가지 않았을 때, 쌀을 씻던 아버님이 그렇게 말씀하셨다. 아버님 덕분인지 남편도 곧잘 그런 식으로 말을 했다. 솔직하지 못하신 게 아닌가, 이런저런 방식으로 고민해 봤지만, 남편과 시댁 식구들은 정말로 나에게 뭘 시키지도 않고 별다른 기대조차 내보이지 않았다. 속으로는 뭔가 기대했을 수 있지만, 적어도 말로는 표현하지 않았다. 지난 5년 동안 남편이 퇴근해서 집에 올 때면 항상 집이 더러웠지만, 그는 늘 문을 열자마자 밝은 목소리로 크게 말했다.

"여보, 제가 다 치울게요. 이런 건 진짜 아무것도 아니에요."

그래 놓고는 정신을 차려 보면 남편은 자고 있거나 게임을 하거나 야구 중계를 보고 있었다. 이렇게 본인이 무슨 말을 했는지도 모를 때가 대부분인 사람이지만, 적어도 어떤 상황에서 나를 탓하진 않았다. 자기가 다 하겠다는 그의 말은 비록 진심이 아닐 수도 있지만, 그 말을 듣다 보면 그 일은 큰일이 아니고 내 탓도 아니라는 믿음이 자란다. 결국, 어떤 일을 누가 하느냐는 중요하지 않을지도 모른다. 어떤 일을 정말로 큰일로 만드는 건 상대의 감정을 건

드리는 말이 아닐까 싶다.

감정을 건드리지 않는 남편 덕분에 모든 일은 별일 아닌 작은 일이 된다. 집에는 작은 일들이 모인다.

결혼 전의 내게는 '스무 살이 넘었다면 꼭 스스로 돈을 벌어야 한다', '타인에게 힘들다고 말하거나 기대면 안 된다' 등의 원칙이 있었다. 그것들을 지키느라 내 감정은 놓칠 때가 많았다. 남편과 같이 살면서 예전의 나에게 당연했던, 그 원칙들이 서서히 옅어졌다. 어느 순간부터는 그의 목소리만 들어도 정답을 알게 되는 듯했다. "아무것도 아니다"와 "제가 할게요." 두 말을 결혼하고 지금까지 100번은 넘게 듣지 않았을까. 그 말이 과거의 나에게까지 가닿는다. 아직도 종종 꿈속에서 만나는, 한때 나 자체라고 생각했던 수많은 잘못과 실수들. 나는 이제 그건 아무것도 아니라고 말할 수 있다. 그러니 일부러 힘을 낼 이유도, 어딘가로 도망갈 필요도 없다.

예전에는 어떤 일을 할 때 보통 사람들이 합의한 기준에 무조건 맞춰야 된다고 생각했다. 하지만 지금 우리 집에서는 내 행동이 기준이 되고 그 행동에 따라 계획이 수정된다. 이제 나는 남들의 기준을 무조건 받아들이지는 않고, 내가 받아들여지지 못할 거라거나 뒤처진다는 기분도 거의 느끼지 못한다. 어린이집에 아이들을 태워다 줄 때마다 심하게 운전을 못하는 나를 자책하지만, 집에 오고 나면 다시 괜찮아진다. 아무래도 상관없는 일이다. 누군가보다 뭘 못한다는 건 정말 무의미한 비교다. 그 생각을 지우고 아파트 화단에서 보았던 콩 벌레와 민들레를 떠올린다. 어제와 조금 달라진 풍경, 오늘 새로 생겨난 것들, 조금씩 변하는 바깥에 관심을 가진다. 걸을 때 다리가 조금 더 단단해진 기분이 든다. 마음의 빈 곳이 서서히 줄어들고 있다.

결혼이 급작스럽고 대단한 각성을 안겨 주지는 않았다. 그 변화는 느리고 차분하고 탄탄하다. 나는 집에 대해 생각한다. 그 어디보다 안전한 이곳 창문 앞에 서면 비로소 많은 것을 제대로 보고 있다는 기분이 든다.

싱겁게, 미지근하게.

그가 시야에서 완전히 사라진 뒤에도
나는 시내를 몇바퀴 더 돌았다.

그리고 나에게   남은 건 아무것도
없다는   결론을 내렸다.

진짜와 함께 살고 있다

독서 모임이 열리는 12월 둘째 주 토요일, 남편이 출근하는 날이라 모임에 가는 건 일찌감치 포기했다. 건조기 앞에서 뜨끈한 빨래를 개고 있을 때 남편이 잠에서 깼다. 팬티만 입은 채 머리를 긁으며 내 옆으로 오더니 냉장고에 있는 물을 꺼내 마셨다. 그 모습을 멍하니 바라보고 있는데 내 양반다리 위로 불쑥 둘째의 엉덩이가 포개졌다. 그러고 있자니 빨래 더미에 손이 닿질 않아 빨래를 갤 수 없었다. 둘째에게 내려가라고 좋은 말로 협박하는 동안, 첫째가 나타나 이미 개어 둔 빨래를 다시 펴서 다른 곳으로 옮기고 있었다. 안 돼……. 입은 옷과 새로 빤 옷이 섞이는 광경. 제발, 제발. 첫째는 그렇게 옷을 몇 번 옮기고는 다시 내 옆으로 와서 빨래 더미 위에 누웠다.

"너희 저리 가. 제발 아빠한테 좀 가. 왜 이렇게 나한테만 와……."

그 말을 들은 남편이 위에서 나를 쳐다보며 말했다.

"여보, 저 오늘 2근 출근이에요. 오후 한 시까지만 오면 돼요. 독서 모임에 빨리 나갔다 와요."

"혼자 두 명 보려면 힘들 텐데……."

말끝을 흐리면서 잽싸게 화장실에 들어가 샤워를 끝냈다. 늘 입던 검정 롱 패딩 대신 옷장에서 남색 코트를 꺼내 입었다.

"얘들아 엄마 갔다 올게. 오면서 맛있는 거 사 올게. 아빠 말씀 잘 듣고 있어!"

이미 남편이 뽀로로를 틀어 놔서 애들은 남 보듯 건성으로 인사해 주었다.

차가워진 손을 맞비비며 스타벅스에 도착했다. 주문한 커피를 받아들었을 때 출입구 문이 열리며 어깨가 넓고 안경을 낀 남자가 걸어 들어왔다. 저번 모임에서 보았던 서른 살쯤 된 카이스트 대학원생이었다. 지난번에 내가 "카이스트는 진짜 영어로 수업해요?"라고 물어봤던 그 남자였다.

"잘 지내셨어요?"

"네. 요즘 브런치에 글 많이 올리시던데. 재밌었어요."

"아, 감사해요. 다음 메인 페이지에 올라간 뒤부터

신나서 계속 올렸네요."

글 얘기에 금방 기분이 좋아졌다. 함께 2층으로 올라갔다. 창밖으로 이 건물과 나란히 붙어 있는 경찰서가 보였다. 모처럼 이쪽으로 왔다. 잊고 있던 5년 전 그때가 떠올랐다. 나는 옆에 보이는 경찰서를 가리키면서 말했다.

"여기 스벅 자주 오세요? 바로 옆에 경찰서에 제 구남친이었던 애가 일하고 있거든요. 지금은 다른 데 갔으려나. 근데 걔가 경찰 시험 붙자마자 치킨집에서 저한테 헤어지자고 했어요. 월요일 첫 출근 앞두고 토요일에요. 1년 반이나 만났는데 진짜 대박이죠?"

"아니 뭐 그런 남자가 다 있대요?"

앞뒤 잘라 먹고 시작된 나의 구남친 욕 앞에서도 그는 친절하게 맞장구를 쳐 주었다.

"그래도 결혼해서 잘 지내고 계시잖아요. 인스타에 가족사진도 너무 예쁘더라고요."

"그렇죠. 맞죠. 그때 안 차였으면 지금 남편도 못 만났겠죠?"

그는 나를 향해 웃었다. 모범생처럼 웃는다는 건 이런 거구나. 나는 커피를 한 모금 마셨다. 모임을 시작한 지 한 시간쯤 지났을 때 누군가가 부동산 얘기를 꺼냈다. 그 주제에 관해서는 별로 할 말이 없어서 창밖 경찰서를 가만히 내려다보았다.

공무원 시험을 함께 준비했던 그와 나는 공부를 끝내고 밤에 집으로 걸어가는 것으로 데이트를 퉁치곤 했다. 언제나처럼 걷던 어느 날, 그가 하늘을 한번 보고는 내 앞을 가로막더니 갑자기 웃으면서 말했다.

"우리가 헤어지더라도 나는 영원히 너를 기억할 거야."

무슨 소리를 하는 거지. 그때 풀리지 않았던 의문이 다시 떠올랐다. 헤어지더라도 영원히 기억한다는 말은 도대체 무슨 말일까. 그런 말은 대체 어떤 상황에서 할 수 있는 말일까. 그는 그런 말을 자주 했고, 덕분에 나는 자주 내 머릿속을 뒤졌다. 서랍장을 뒤지며 잃어버린 무언가를 찾는 마음으로 말이다.

치킨집에서 차였던 날, 나는 익숙하게 치킨 값을 계산한 뒤 그와 함께 가게 문을 열고 나왔다. 오후 네시쯤이라 날이 아직 밝았다. 그는 가게 이름이 적힌 남은 치킨이 든 종이 가방을 들고 주차장 쪽으로 걸어갔고, 같은 방향으로 가야 했던 나는 본의 아니게 그를 잠시 뒤따라갔다. 그는 가끔 돌아보면서 겸연쩍게 웃었다. 나는 그 웃음을 보면서 구멍이 숭숭 뚫린 이별이라고 생각했다. 이렇게 헤어질 수도 있구나. 싱겁게 미지근하게. 그가 시야에서 완전히 사라진 뒤에도 나는 시내를 몇 바퀴 더 돌았다. 그리고 나에게 남은 건 아무것도 없다는 결론을 내렸다.

모임이 끝나고 집에 가는 길에 아이들이 좋아하는 고래밥과 초코송이, 그리고 남편이 좋아하는 너구리 라면과 달콤한 커피를 샀다. 집에 들어가자 남편은 반갑게 웃으며 비닐봉지부터 뒤졌다.

"여보 너구리 사 왔어요? 저 짜파구리 만들어 먹을 건데."

"샀어요. 봉지 안에 있어요."

남편은 봉지를 뒤지며 너구리와 커피를 찾았고 아이들은 그 옆에서 고래밥과 초코송이를 찾았다. 몇 시간 자리를 비운 집을 쓱 둘러보았다. 늘 그렇듯, 내가 없는 사이에 애들에게 간식을 얼마나 잔뜩 줬는지 집이 과자 부스러기 천국이었다. 물티슈를 꺼내서 자꾸만 내 발밑에서 뭉개지는 딸기를 먼저 닦고, 청소기를 돌려 초콜릿과 과자 부스러기를 처리했다.

거실에 햇빛이 가득 들어온 오후 세 시, 책장과 소파, 내가 앉아 있는 식탁, 눈에 보이는 모든 것들이 진짜라는 생각이 들었다. 여기서 벌어지는 일들은 다 괜찮을 것이다. 혹은 결국 다 괜찮아질 것이다. 그렇게 어디서 나타났는지 모를 확신을, 그날 나는 얻었다.

새로운 익숙한 사람들

새로운 일을 시작할 때면 보통 매뉴얼을 받았다. 그걸 다 외우려고 항상 노력했지만, 맘처럼 되진 않아서, 대개 다 숙지하지 못한 채로 현장에 투입되었다. 완벽하게 머리를 말리고, 제대로 화장하고, 가방 안을 말끔히 정리한 채 일한 적이 없는 내가 매뉴얼까지 다 외우고 그 내용에 맞추어 일하기란 분명 어려웠다. 아파트 분양 상담을 할 때는 내가 파는 아파트를 제대로 알지 못한 채 손님에게 설명해야 했고, 휴대폰 가게에선 휴대폰 기종을 다 외우지 못한 채로 휴대폰을 팔기 시작했다. 결혼하고 나서 처음으로 외부에서 시작하게 된 일인 글쓰기 수업 역시 마찬가지였다. 인문학 아카데미를 진행하는 지인이 내게 글쓰기 수업에 이력서를 넣어 보면 어떻냐고 연락한 것뿐이었다. 그래서 지원했다가 갑자기 시작하게 된 것이다. PPT를 만들면서 나름대로 준비했지만, 수업의 방향 같은 건 제대로 감을 잡지도 못한 채로 일단 시작하고 말았다.

수업 첫날, 초등학생부터 80대까지 다양한 사람들이 자리를 채우고 있었다. 당연히 모두 처음 보는 사람들이었는데, 이상하게도 내 삶의 어떤 부분을 이미 함께한 사람들처럼 느껴졌다. 수업 중간에 질문했던 할아버지는 휴대폰을 팔던 시절에 요금제를 설명하는 내 말을 끊던 할아버지와 닮아 있었다. 팔짱을 낀 채 수업을 제대로 듣지도 않다가 직접 글을 쓰라고 하자 뜻밖에 아주 열심히 썼던 아저씨의 생김새는 예전에 스피치 학원에서 같이 수업을 들었던 공무원 아저씨와 무척 비슷했다. 그들은 그들과 닮아 있었다. 처음에는 내 입에서 나온 말들이 어디론가 사라지는 느낌을 받았지만, 그건 얼마 가지 않았다. 오랜만에 만난 그들이 반가웠다.

나는 피아노를 칠 줄은 모르지만, 사람들을 대할 때 항상 내가 원래 누르던 건반보다 한 음계 높은 건반을 누른다는 기분으로 목소리를 낸다. 오랫동안 썼던 그 높은음은 정해진 톤이 있어서 여차하면 기억

속에서 바로 꺼내 쓸 수 있었다. 밝고 유쾌한 목소리. 과일 가게에서 과일을 사거나 어린이집에 학부모 상담을 갈 때는 그 건반을 누르지 않는다. 그들의 환대에 적당히 웃는 역할만 맡을 뿐이다. 그런데 이런 높은음을 낸 게 참 오랜만이다. 나는 늘 친절해야만 했던 시절에 지었던 미소를 다시 꺼내며 말을 이어 갔다.

"안녕하세요. 글쓰기 수업을 진행하게 된 김필영입니다. 반갑습니다. 여러분 중에 저 아는 사람 있으세요? 아마 저를 다들 모르실 거예요. 저는 평소에는 마트, 동네 놀이터에 주로 있고 혹은 뭐 시장이나……. 아무튼 저는 아직 네 살인 아이를 키우고 있는 엄마입니다. 그런데 여러분들 앞에 설 수 있게 된 것은……."

그들은 모두 나를 몰랐지만 나는 그들이 친숙했다. 그들이 어떤 때에 닫혀 있던 마음을 여는지, 또 그때의 몸짓과 미소는 어떤 모양인지 알고 있었다. 그날 나는 많은 이야기를 들었다. 티브이를 켜고 리모컨으로 뭘 볼지 한참을 고민했던 순간. 금요일 밤 술안주로 선택한 음식. 좋아하지도 않는 홍삼을 생일 선물로 받은 기분. 작고 사소하며 다른 어디에서도 들을 수 없는 이야기들.

이 새롭고도 익숙한 사람들 덕분에 결혼 후 잘 사용하지 않았던 나를 다시 만날 수 있었다. 나와는 다른 그들을 이해하지 못했던 때도 있었지만, 이제는 그들 역시 모든 걸 반복하며 살아가는 평범한 사람들일 뿐임을 안다. 나에 대해서도 마찬가지다. 일할 때마다 따로 눌러야 했던 한 키 높은 건반은 내 본모습이 아니라고 오랫동안 믿었지만, 지금은 그것 또한 나의 일부분이라고 여긴다. 오랜만에 사용한 이 건반이 편하고 반가웠다. 우리 각자의 태도는 매뉴얼이 없이도 반복된다. 반복하다가 어느새 내 것이 되어버린 많은 일들. 모두 그대로였다.

가벼운 인생이 어때서요

문득 '이렇게 살면 안 되겠다'고 처음으로 생각했던
건 스물둘의 어느 날이었던 것 같다. 그날도 집에 안
들어가고 친구 집에 머무는 중이었다. 침대 옆 책상
에 앉아서 시계를 보니 자정이 넘어가고 있었다. 창
밖으로 주황색 피시방 간판이 보였다. 침대에서 잠이
든 친구를 잠시 쳐다보다 짧은 트레이닝복 바지를 입
은 그대로 밖으로 나왔다. 아까 봤던 피시방으로 가
서 자리를 차지하고 앉았다. 워드를 띄워 놓고 떠오
르는 것들을 적기 시작했다. 처음부터 어디가 어떻게
잘못됐는지에 대해, 앞으로 나아가야 할 방향에 대
해, 다다라야 할 목표에 대해 적었다.

　다음 날이 되자 잘못들은 반복되었다. 어제 기댔던
사람에게 오늘도 기댄다. 만나면 안 되는 사람을 어

제 만났다면 오늘도 만난다. 스스로 상처 주는 행동 역시 처음이 어려울 뿐, 이후로는 쉽게 반복된다. 나는 무언가를 선택할 때면 주변에서 봤거나 한 번이라도 경험했던 쪽으로 자연스럽게 마음이 기울었다. 주위 친구들은 내가 했던 잘못을 똑같이 저지르고 있었다. 단지 그 잘못의 크기가 서로 달랐을 뿐이었다. 친구들과 내가 가는 길은 방향도 장소도 비슷했다. 연애할 때도 마찬가지였다. 화를 내며 싸우는 장면을 많이 접할수록 그와 비슷한 일은 미래에 더 많이 생겨났다. 그때마다 눈앞에 벌어진 상황에 딱 맞는 말을 찾으려고 노력했지만 거의 찾지 못했다. 결국, 전혀 쓸데없는 말을 하거나 아무 말도 하지 않은 채 가만히 있다 보면 싸움은 이런저런 쪽으로 결론이 났다. 그 결론들은 옳지도 중요하지도 않았다.

그런 날들을 몇 년째 반복하다가 새롭게 알게 된 사람과 결혼했다. 결혼 후의 삶은 한 번도 접해 보지 못한 세계였다. 연애에는 나름의 방법론까지 갖고 있을 정도로 익숙했지만, 결혼은 달랐다. 결혼을 하자마자 임신하고 연달아 출산을 하면서 매 순간은 새로 접하는 일들로만 채워졌다. 아이의 기저귀 사이즈가 익숙해질 때쯤 새로운 사이즈로 주문을 해야 했고, 이유식을 어느 정도 만들 수 있게 되자 유아식을

만들어야 했다. 첫째를 낳고 둘째를 낳으면서 어제
가 오늘이 되고 오늘이 내일이 되었다. 시간은 내게
생각할 시간 같은 건 주지 않고 빠르게 지나갔다. 그
사이 만난 지인들에게 첫눈에 반해서 혹은 죽을 만큼
사랑해서 결혼한 건 아니라고 말하면 다들 놀랐다.
그들은 그런데 왜 석 달 만에 그렇게 급하게 결혼을
했냐고 되묻기도 했고 일생일대의 중요한 판단을 그
렇게 가볍게 하면 어떡하냐고 나무라기도 했다. 그런
말을 들을 때마다 나는 오히려 가벼운 게 얼마나 좋
은 건지에 대해 떠올리곤 했다. 진지하게 화를 내면
서 싸우는 게 얼마나 나쁜지도.

　단지 나는 즐거워지고 싶었다.

　되게 웃긴 사람이 아니더라도, 만나서 얘기하면 마
음이 편안해지고 함께 누워 각자 자기 핸드폰을 들여
다볼 수 있는 사람이라면 결혼할 수 있을 것 같았다.
남편은 그런 쪽으로 크게 걸리는 게 없었다. 마지막
연애에서 차이고 나서는 이 사람이 나를 얼마나 사랑
하는지, 내가 이 사람을 얼마나 사랑하는지는 더 이
상 중요한 문제가 아니게 되었다. 그런 감정이 어느
날 어느 때에 갑자기 사라지는 풍경을 많이 봐 왔기
때문이다. 이제는 그냥, 많은 사람에게 좋은 사람이

고 약자를 무시하지 않는 사람이면 좋을 것 같았다. 나는, 아마도 사랑으로부터 자유로워졌다. 물론 한창 힘들 때는 남의 인생 쳐다보듯 무심하게 내 인생을 바라보기도 했었다. 방관과 자유 사이에는 아주 작은 차이만 있는지도 모른다. 아무튼, 내가 결혼이라는 결정에서 자유로웠던 것은 확실했다.

커피숍까지 걸어가는 길에 시장을 지나치며 생각했다. 저 애호박을 사서 지금 당장 집에 돌아가 된장국을 끓일까. 아니면 그냥 커피숍에 가서 글을 완성할까.

큰 열정 없이도 애호박을 사면 된장국을 끓일 수 있고 커피숍에 가면 글을 쓸 수 있다. 물론 제때 적당한 환경을 찾아가는 수고는 필요하다. 채소 가게에서 글을 쓴다거나 커피숍에서 애호박을 사기는 어려우니까. 어쨌건 이렇게 해내기만 하면 다음 단계로 갈 힘을 얻을 수 있다. 대단한 게 없어도 결혼할 수 있고 결혼 생활을 유지할 수도 있다. 어제 해 본 일은 오늘 약간 운이 없더라도 그럭저럭 해낼 수 있다. 결혼을 통해 가족이 된 남편과 내가 낳은 아이들과 함께하는 시간은 그런 식으로 자연스럽게 변했다.

결국 애호박을 사지 않고 커피숍으로 갔다. 늘 하던 대로 커피를 접하고 글을 접하고 집에 돌아온 다음, 야간 근무를 마치고 돌아온 남편의 미소를 접했다. 그리고 그의 뺨에 난 수염과 잠자는 얼굴을 접했다. 접한 것은 접하지 못한 것들을 항상 이긴다. 새롭고 좋은 것들은 먼 꿈이 아니라 익숙하고 좋은 것들 안에서 자기도 모르게 태어난다.